クララベル姫《ひめ》と
フレイア姫《ひめ》と
ユリア姫《ひめ》の物語《ものがたり》

原作 ポーラ・ハリソン
企画・構成 チーム151E☆

学研

おとぎの世界《せかい》のできごとが

クララベル姫《ひめ》

さっと
わかる
みじかめの
物語《ものがたり》になりました。

王女《おうじょ》の毎日《まいにち》は

ユリア姫《ひめ》

ドレスに
ジュエル、舞《ぶ》踏《とう》会《かい》…
ときめきも
いっぱいです。

でもね

のりこえなくては
いけないピンチも
あって…。
自分《じぶん》なら

どうするか
想像《そうぞう》しながら
お楽《たの》しみくださいね。

クララベル姫《ひめ》と フレイア姫《ひめ》と ユリア姫《ひめ》の物語《ものがたり》

もくじ

※本書は 2015年～2016年発行の
「南の島の 願いごとパール」
「雪ふる森の お守りジュエル」
「舞踏会と ジュエルの約束」と
その原書をもとに、ダイジェスト版
として再構成しました。

ユリア姫《ひめ》の物語《ものがたり》

願《ねが》いごとパール
Clarabel
クララベル姫《ひめ》

物語《ものがたり》・1

南《みなみ》の島《しま》の

南《みなみ》の島《しま》で 出会《であ》った
イルカの赤《あか》ちゃんを すくう物語《ものがたり》よ！

みなさんは、お友《とも》だちと自分《じぶん》をくらべて
あせったり、かなしくなったことってありますか。
わたしは、運動《うんどう》がすごくにがてで
そのせつない気持《きも》ちを知《し》りました…。
これからはじまるのは
あたたかな南《みなみ》の島《しま》をおとずれたときの物語《ものがたり》。
イルカの赤《あか》ちゃんと
ふしぎな体験《たいけん》もしたんですよ。

1 南《みなみ》の島《しま》の お城《しろ》で

ターコイズブルーの海《うみ》が、朝《あさ》の日《ひ》ざしにきらきらかがやいています。

その海《うみ》とおなじくらい美《うつく》しい、ブルーのひとみをした女《おんな》の子《こ》が、お城《しろ》のバルコニーで、金色《きんいろ》の髪《かみ》を風《かぜ》になびかせていました。

ウィンテリア王国《おうこく》の王女《おうじょ》さま、クララベル姫《ひめ》です。

ここは、おとぎの世界《せかい》にある、南《みなみ》の海《うみ》にうかぶエンパリ島《とう》。

クララベル姫《ひめ》は国《くに》の代表《だいひょう》として、お父《とう》さまとお母《かあ》さま……ウィンテリア王国《おうこく》の王《おう》さまと王妃《おうひ》さまと、この島《しま》をおとずれていました。
ロイヤル・レガッタという、船《ふね》のレース大会《たいかい》をみるためです。

クララベル姫《ひめ》は、島《しま》にあるビーチで貝《かい》をひろうのが大好《だいす》き。
カラフルなオウムが羽《はね》を広《ひろ》げるすがたにも、心《こころ》がはずみます！

中庭《なかにわ》へおりていくと、ふいに、だれかに手《て》をひかれて……気《き》づけば、ヤシの木《き》の下《した》にしゃがみこんでいました。

そこには、春《はる》の舞踏会《ぶとうかい》で
親《した》しくなった王女《おうじょ》さまたちが
せいぞろいして
いたのです！

「クララベル姫《ひめ》！
おひさしぶりね」

かしこくて大人《おとな》っぽい
ジャミンタ姫《ひめ》に、
明《あか》るくまえむきなユリア姫《ひめ》、
活発《かっぱつ》で行動力《こうどうりょく》ばつぐんの
ルル姫《ひめ》。

三人《さんにん》もそれぞれの国《くに》の代表《だいひょう》として、この島《しま》へまねかれていました。クララベル姫《ひめ》は、みんなと春《はる》に出会《であ》ったとき、夜《よる》の森《もり》で、わなにかかっていたシカの赤《あか》ちゃんを助《たす》けだしたのです。

冒険《ぼうけん》をともにし、かたい友情《ゆうじょう》で結《むす》ばれた四人《よにん》の王女《おうじょ》さまたちは、これからも、こまったことがあったらわかちあうこと、かなしいめにあっている動物《どうぶつ》がいたら力《ちから》をつくして守《まも》ることを、約束《やくそく》しました。

そして、大人《おとな》たちにはないしょの『ティアラ会《かい》』をつくったのです。

「『ティアラ会《かい》』の練習《れんしゅう》をしない？　ロープをかくしておいたの」

ユリア姫《ひめ》の提案《ていあん》で、王女《おうじょ》さまたちは、ビーチ近《ちか》くの森《もり》をめざします。

木《き》のぼりの得意《とくい》なルル姫《ひめ》が、太《ふと》い枝《えだ》にロープをくくりつけました。

「スイングして、遠《とお》くまでとぶ練習《れんしゅう》をしましょうよ。ひみつの冒険《ぼうけん》のとき、川《かわ》やがけをこえるのに、そなえなくちゃね！」

（どうしよう……みんな、やる気満《きまん》まんだわ）

じつは、クララベル姫《ひめ》は、体《からだ》を動《うご》かすことに自信《じしん》がありません。

ルル姫《ひめ》が真《ま》っ先《さき》にロープにつかまると、いきおいよく枝《えだ》からとび、最後《さいご》にくるりっと宙《ちゅう》がえりまでして、着地《ちゃくち》しました。

ジャミンタ姫《ひめ》もユリア姫《ひめ》も、軽《かろ》やかにスイングして、ジャンプを決《き》めてみせます。

みんながうまくこなすので、あせる気持《きも》ちが高《たか》まり、きんちょうでドキドキ……。

「クララベル姫《ひめ》、思《おも》ったほど、こわくない

わ！　きっとできるはずよ！」

いちおうは、うなずいたものの、

頭《あたま》のなかは真《ま》っ白《しろ》。

（『ティアラ会《かい》』の王女《おうじょ》として、

失敗《しっぱい》はゆるされないわ……）

クララベル姫《ひめ》は深呼吸《しんこきゅう》をすると、

思《おも》いきってふみきりました。

ところが……。

ドッスン！　……あろうことか、おしりからおちてしまったのです。

はずかしさがこみあげてきて、顔《かお》が赤《あか》くなるのがわかりました。

（ああ、わたしだけ失敗《しっぱい》だなんて……。かんたんにこなすみんなにくらべて、わたしって……できのわるい王女《おうじょ》なのね）

三人《さんにん》ははげましてくれたけれど……クラベル姫《ひめ》の心《こころ》は、なさけなさでいっぱい。

すっかりおちこんでしまいました。

2 イルカの赤《あか》ちゃん

クララベル姫《ひめ》は、ひとり波《なみ》うちぎわに立《た》っていました。
ひさしぶりにみんなと会《あ》えたのに、泣《な》きたい気持《きも》ちになるなんて。
そのとき、どこからか、低《ひく》く長《なが》い音《おと》がきこえてきたのです。

ギィイ　ギィイイイ…

かすかな音《おと》にみちびかれ、砂《すな》の丘《おか》をのぼっていくと……、

波《なみ》のおだやかなラグーンに、イルカのようなグレーの背《せ》びれがちらり。

ギィイ　ギィイイ…

音《おと》は、そこからきこえてきます。

ふらりふらり、力《ちから》なくおよいでいる様子《ようす》が気《き》になったクララベル姫《ひめ》は、ドレスがぬれることもわすれ、思《おも》わず水《みず》へはいりました。

体《からだ》を動《うご》かすことはにがてでも、およぎだけは得意《とくい》なのです。

水《みず》のなかでツンツン、とつついてきたのは、イルカの赤《あか》ちゃん。

体《からだ》に、深《ふか》くおおきなきずをおっています。

「ひどいけがだわ……！　手《て》あてできる人《ひと》をさがさなくては」

ところが、赤《あか》ちゃんはまたツンツン、として下《した》へもぐっていきます。

「ついてきて」と合図《あいず》された気《き》がして、おっていくと……ラグーンの底《そこ》で、何《なに》かが光《ひか》りました。

「パールだわ！」

赤《あか》ちゃんが、こちらをみつめています。

「わたしに、くれるの？」

クララベル姫《ひめ》は、水面《すいめん》に顔《かお》をだし、パールを空《そら》へかざしました。

「ありがとう、赤《あか》ちゃん。そのきずをなおす方法《ほうほう》をさがすからね。待《ま》っててね」

砂《すな》の丘《おか》をくだり、ビーチを急《いそ》いでいるとドスン！　と人《ひと》にぶつかって……、

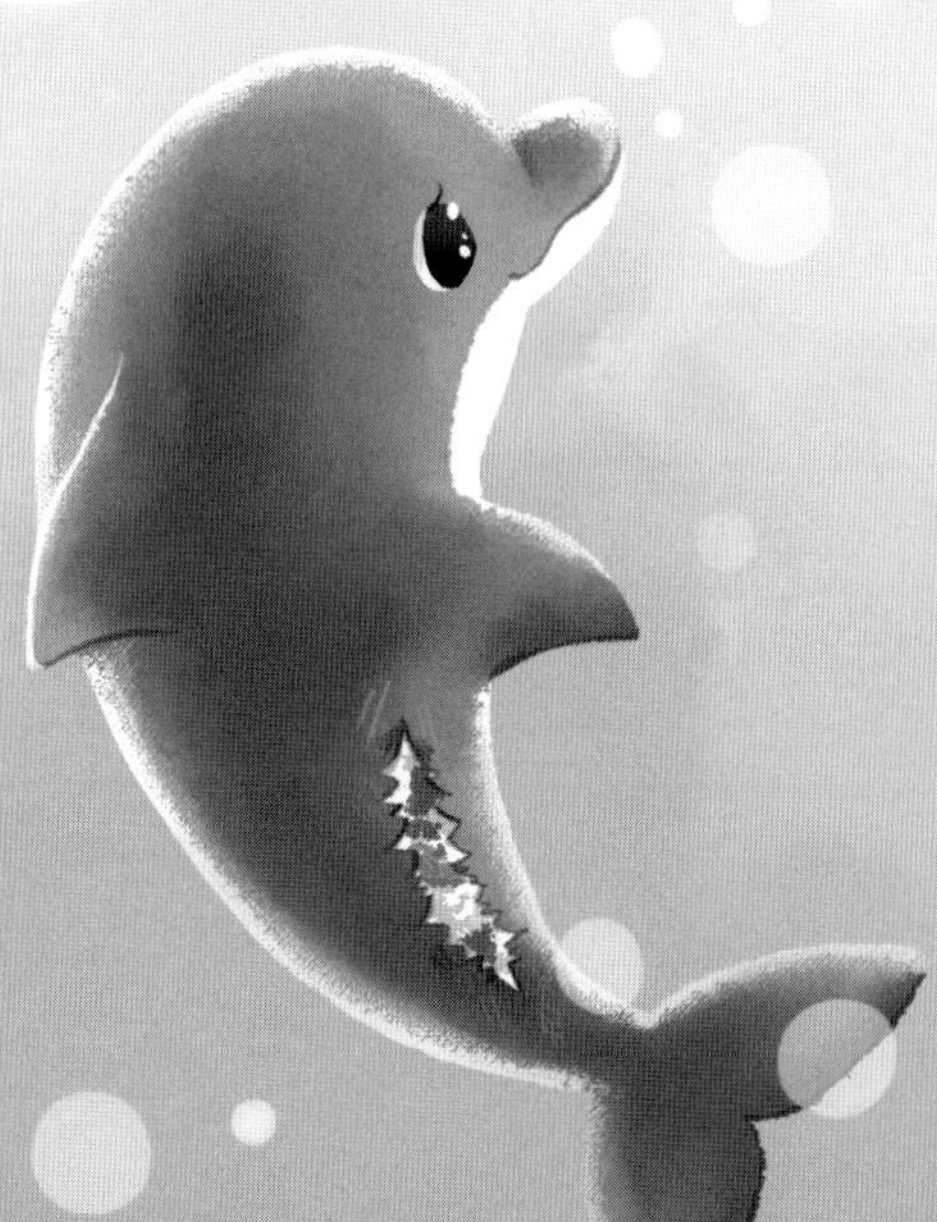

……相手《あいて》は、春《はる》の舞踏会《ぶとうかい》で会《あ》ったサミュエル王子《おうじ》でした。

王女《おうじょ》たちの行動《こうどう》をすぐ大人《おとな》にいいつけるので、よくおぼえています。

なぜか目《め》をあわせようとしない王子《おうじ》のうしろには、おおきなシャベルがおちていました。

足《あし》もとには、らんぼうにほられたような穴《あな》があり……。

（これは……ウミガメのたまごだわ！）

リープランド王国《おうこく》の
サミュエル王子《おうじ》

砂《すな》にまみれた、白《しろ》くてまるいものがちらばっていたのです。

「サミュエル王子《おうじ》。この島《しま》では、野生動物《やせいどうぶつ》をきずつけることは禁《きん》じられているのよ。生《う》まれてくるカメの尊《とうと》い命《いのち》を、うばわないで！」

いつになく、きびしく注意《ちゅうい》してしまいましたが、

「何《なに》をえらそうに。島《しま》の法律《ほうりつ》やカメなんか知《し》るもんか！」

（まあ……なんて身勝手《みがって》なの!?）

わからずやの王子《おうじ》をひとりで説得《せっとく》するのは、むずかしそうです。

クララベル姫《ひめ》は、王子《おうじ》に背《せ》をむけると……。

右手《みぎて》の小指《こゆび》にネイルアートした、ジュエル（宝石《ほうせき》）にふれました。

（きんきゅうメッセージです。みんな、今《いま》すぐビーチへ集合《しゅうごう》して！）

ハート形《がた》をしたこのジュエルは、ふしぎな魔法《まほう》のパワーをもってい

て、『ティアラ会《かい》』の仲間《なかま》と、心《こころ》と心《こころ》ではなすことができるのです。

すぐに、ルル姫《ひめ》、ユリア姫《ひめ》、ジャミンタ姫《ひめ》がやってきました！

四人相手《よにんあいて》では、さすがに勝《か》ちめがないとさとったのか、サミュエル

王子《おうじ》は、不満《ふまん》そうに四人《よにん》をにらみながら、ドスドスと立《た》ちさります。

クララベル姫《ひめ》は、みんなと、カメのたまごを穴《あな》へもどしました。

けれど、ずるがしこそうな王子《おうじ》が、このままひきさがるでしょうか。

「王子《おうじ》は、なぜ穴《あな》をほっていたのかしら……？」


気《き》になった四人《よにん》は、王子《おうじ》がるすのときにお部屋《へや》へしのびこみました。

人《ひと》のお部屋《へや》へこっそりはいるのはいけないことですが、『ティアラ会《かい》』として、野生動物《やせいどうぶつ》が危険《きけん》なめにあうのをふせぎたかったのです。

クララベル姫《ひめ》は、ひきだしのなかにあった紙《かみ》におどろきました。

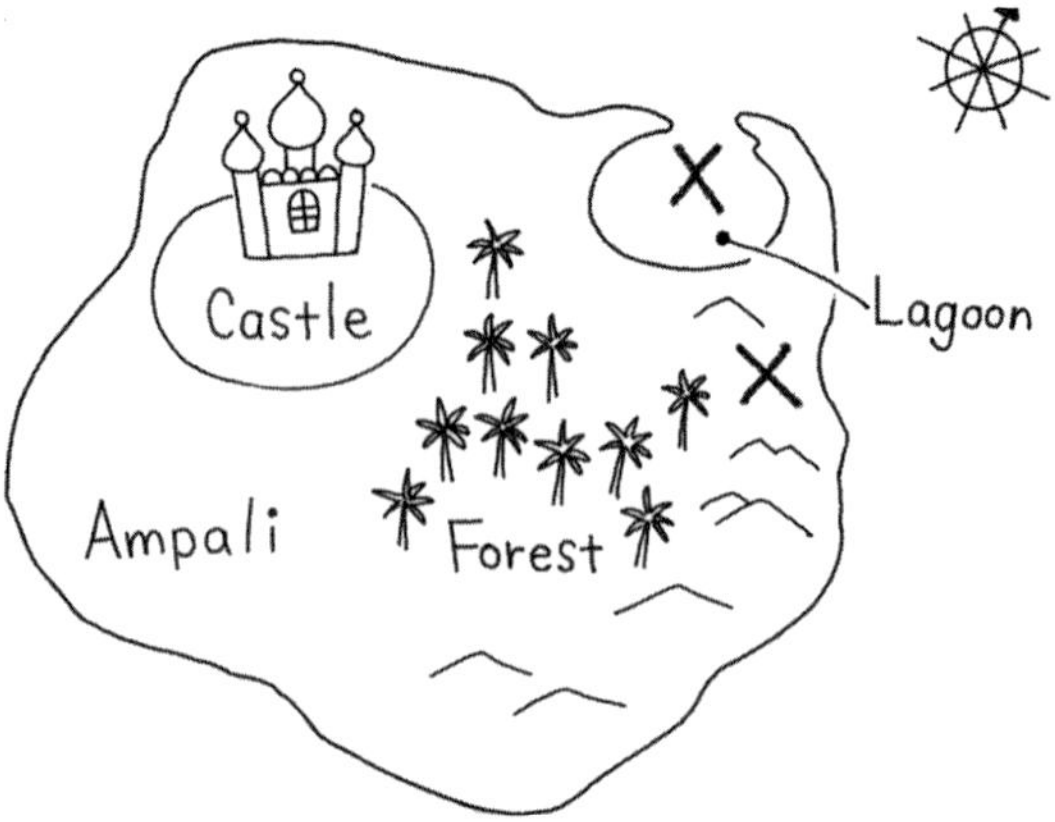

それは、エンパリ島《とう》の古《ふる》い地図《ちず》。

「✕じるしのひとつは、さっきサミュエル王子《おうじ》が穴《あな》をほっていたビーチのあたりよ」

そういいながら、はっとします。

（むかし、ある島《しま》に、船《ふな》のりがたからものをうめたという伝説《でんせつ》があるわ。もしかして……）

この島《しま》のことなのかもしれません！

3 赤《あか》ちゃんが あぶない！

「もうひとつの✕じるしは……イルカの赤《あか》ちゃんがいたラグーンよ。たいへん！　もしもサミュエル王子《おうじ》が、ここへむかったら……！」

クララベル姫《ひめ》は、三人《さんにん》に赤《あか》ちゃんとパールのはなしをしました。

「けがをして弱《よわ》っているのに、たからものをもとめて、王子《おうじ》が手《て》あたりしだいにあらしたりしたら……あの子《こ》、うまくにげられないわ」

赤《あか》ちゃんを守《まも》る作戦《さくせん》の会議《かいぎ》で、夜《よる》はあっというまにふけていきます。

朝《あさ》になって、気《き》づくと、あのパールからかすかな音《おと》がしていました。


ギィイ…　キュウウウ…


「これは、あの子《こ》の声《こえ》よ！　ラグーンへいかなくちゃ！」

イルカの赤《あか》ちゃんに、何《なに》かわるいことがおきている予感《よかん》がして、クララベル姫《ひめ》はあわてます。

「そのパールをクララベル姫《ひめ》のブレスレットにつなげておきましょう。

魔法《まほう》のパワーをもっていそうだから」
ジュエルの魔法《まほう》にくわしいジャミンタ姫《ひめ》が、クララベル姫《ひめ》のサファイアのブレスレットに、手《て》ぎわよくパールをつなげてくれました。

「急《いそ》ぎましょう！　助《たす》けをよんでいるあの子《こ》のところへ！」

空《そら》には黒《くろ》い雨雲《あまぐも》が立《た》ちこめ、今《いま》にもあらしがふきあれそうです。

ラグーンへ近《ちか》づくと、バタバタと砂《すな》をけちらしている人《ひと》かげが……。

「サミュエル王子《おうじ》！　伝説《でんせつ》のたからものをさがしているのはわかっているのよ」

いいあてられて、サミュエル王子《おうじ》は足《あし》をドスドスふみならしました。

「たからもののことをどうして知《し》っている？　ぼくがさがしあてるんだ！　おまえたちにはひとつもあげないぞ！」

「わたしたちは、たからものがほしくて

ここへきたんじゃないわ。イルカの赤《あか》ちゃんを助《たす》けにきたのよ。あの子《こ》をみなかった？」

「知《し》るか！　あいつめ、このあみにからまってきて、ぼくを水中《すいちゅう》へひきずりこみやがった。おかげで、びしょびしょだ……」

王子《おうじ》はあみをほうりだすと、しずくをたらし、かえっていきます。

赤《あか》ちゃんは、投《な》げこまれたあみにおどろき、波《なみ》のあらい沖《おき》のほうへ危険《きけん》とも知《し》らずにいってしまったのかもしれません。

強《つよ》くふりだした雨《あめ》が、顔《かお》にはげしくうちつけます。

「どうしよう……あのけがでは、あらしの海《うみ》でおぼれてしまう……」

力《ちから》なくしゃがみこんだとき、ルル姫《ひめ》がいいました。

「わたしたちで沖《おき》へでて、助《たす》けましょう！」

勇《ゆう》かんなアイディアにおどろいていると、今度《こんど》はユリア姫《ひめ》が
「手《て》こぎボートなら、あらしのなかを進《すす》めるかも。いきましょう！」

こうして『ティアラ会《かい》』の王女《おうじょ》さまたちは、ちいさな赤《あか》いボートで
あれくるう海《うみ》へとこぎだしたのです。

クララベル姫《ひめ》は、パールを顔《かお》の近《ちか》くへよせて、耳《みみ》をすませます。

ギィイ…　キュウウウ…

雨《あめ》や波《なみ》しぶきと戦《たたか》いながら、音《おと》がよんでいるほうへ進《すす》んでいくと。

さがしていたグレーの体《からだ》が、波《なみ》のあいだにちらりとみえました。

「赤《あか》ちゃ〜ん！　このボートについてきてぇ！」

クラベル姫《ひめ》は声《こえ》をはりあげましたが、反応《はんのう》がありません。

体力《たいりょく》には自信《じしん》のあるルル姫《ひめ》が、高《たか》まる波《なみ》をみていいました。

「およぐ力《ちから》がもうないんだわ。わたしがいっしょにおよげば……」

「いいえ、わたしがいくわ！」

すっと立《た》ちあがった
クララベル姫《ひめ》に、
視線《しせん》があつまります。
「本気《ほんき》なの？」
「とっても危険《きけん》なのよ！」

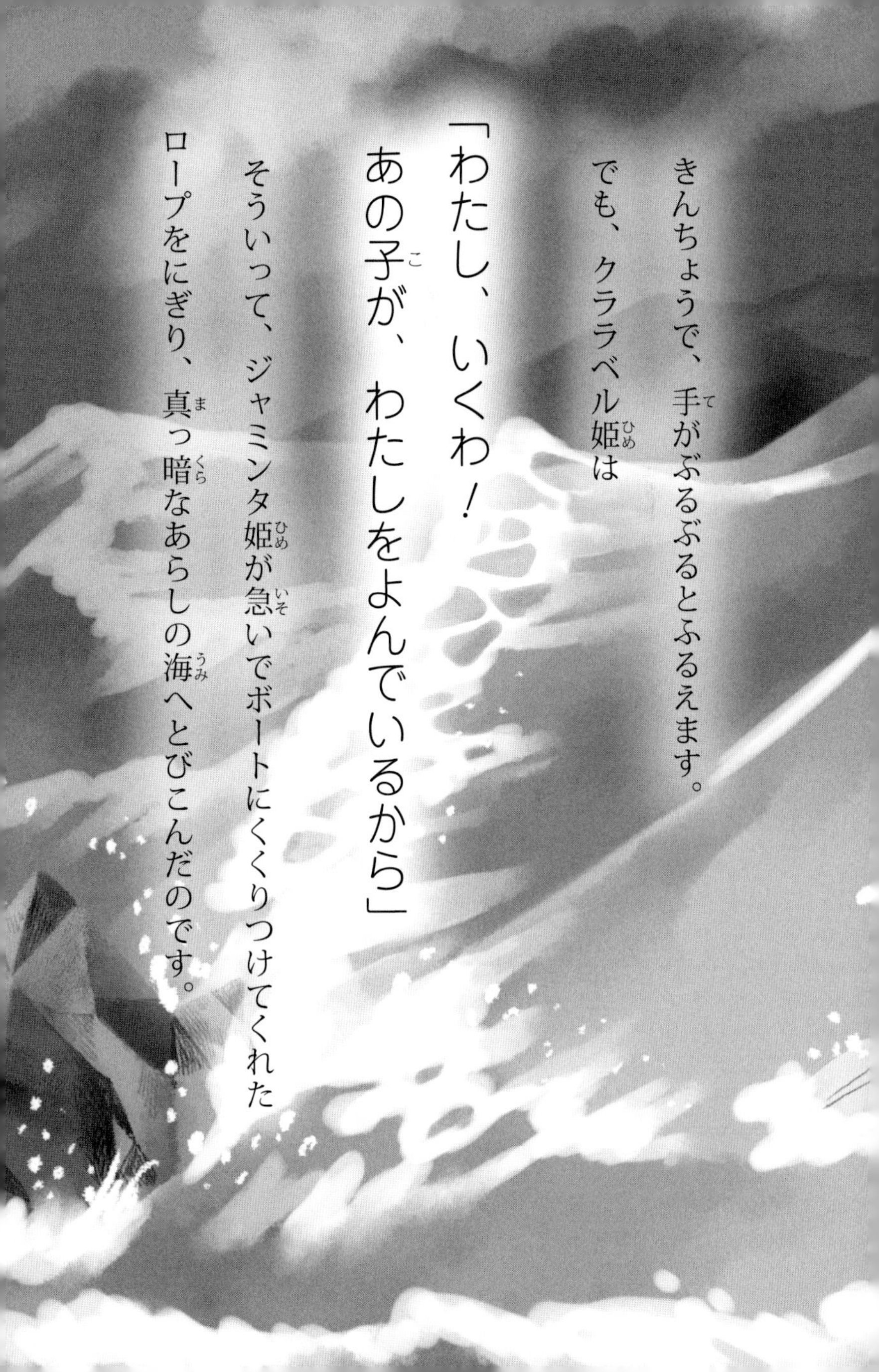

きんちょうで、手《て》がぶるぶるとふるえます。

でも、クララベル姫《ひめ》は
「わたし、いくわ！

あの子《こ》が、わたしをよんでいるから」

そういって、ジャミンタ姫《ひめ》が急《いそ》いでボートにくくりつけてくれたロープをにぎり、真《ま》っ暗《くら》なあらしの海《うみ》へとびこんだのです。

ゴゴーッとうずまくにごった水《みず》のなか、流《なが》れにもまれている赤《あか》ちゃんに手《て》をのばします。

（もうこわくないよ。わたしがいっしょだからね）

クララベル姫《ひめ》は、心《こころ》でよびかけながら、赤《あか》ちゃんの背中《せなか》をさすり、ひきよせて……。

そのままだきかかえると、水《みず》の上《うえ》にうかびあがったのです。

波《なみ》や風《かぜ》におしやられ、息《いき》がくるしくなりますが、あきらめるわけにはいきません。

クララベル姫《ひめ》は、ぐったりしている赤《あか》ちゃんをはげましつづけます。

「岸《きし》まであと少《すこ》しよ……がんばって！」

ラグーンへつくころには、雨《あめ》は小《こ》ぶりになり、風《かぜ》もおだやかに……。
ボートをこいでくれた三人《さんにん》も水《みず》へとびこみ、そばへおよいできます。
あらしの海《うみ》から、イルカの赤《あか》ちゃんをすくいだしたのです！
でも……赤《あか》ちゃんの呼吸《こきゅう》は浅《あさ》く、今《いま》にも消《き》えいりそう。
「死《し》んではだめっ……生《い》きるのよ！」
クララベル姫《ひめ》は、ぽろぽろこぼれるなみだをとめられません。
この子《こ》を助《たす》けるには、どうすればいいのでしょう。

4 パールに願《ねが》いを

「パールがあるわ！」

ジャミンタ姫《ひめ》が、いいことを思《おも》いだしてくれました。

ブレスレットを赤《あか》ちゃんのきずにかざしてみると……サファイアとパールが、脈《みゃく》をうつように、きらっきらっと光《ひか》りはじめます。

（お願《ねが》い！　魔《ま》法《ほう》のパワーできずをなおして……）

すがるようにパールをみつめますが、赤《あか》ちゃんのつらそうな様子《ようす》は
いっこうにかわりません。
クララベル姫《ひめ》はなみだをぬぐい、静《しず》かにパールに語《かた》りかけました。
「どうか……この子《こ》を、もう一度《いちど》およげるようにしてあげて」
パールに、赤《あか》ちゃんをちりょうするパワーがあるかどうかはわかり
ませんが、今《いま》は奇跡《きせき》を信《しん》じよう、と心《こころ》を決《き》めたのです。
「この子《こ》がかかえているつらさや、くるしみから、すくいたいの……
できることは、なんでもするわ！」

その顔《かお》はもう、泣《な》き虫《むし》のか弱《よわ》い王女《おうじょ》さまではありませんでした。

「お願《ねが》い、力《ちから》をかして……！」

強《つよ》いのぞみが最高《さいこう》にふくらんだ、そのときです。

ぱあああ……っ。

パールがひときわ明《あか》るく、光《ひかり》をはなちました。

ふわふわ　ふわりふわり……　白《しろ》いあわがパールからあふれだし……

赤《あか》ちゃんの体《からだ》をつつみこんでいきます。

キュウゥゥ……

「みて。赤《あか》ちゃんのきずが、なおっていくわ」

深《ふか》くえぐれていた部分《ぶぶん》が、みるみるうちにきれいにもどったのです。

王女《おうじょ》さまたちは、手《て》をにぎりあいます。

「クララベル姫《ひめ》の願《ねが》いが、パールにとどいたのね……」

イルカの赤《あか》ちゃんが、水《みず》のなかで元気《げんき》よくひとはねしたとき……。

ザブーン！　沖《おき》のほうで、大人《おとな》のイルカがはねるのがみえました。

「もしかして、あなたのお母《かあ》さまや仲間《なかま》たち？」

きずが、あっというまに
なおっただけでも信《しん》じられ
ないのに、仲間《なかま》がむかえに
きてくれるなんて！

赤《あか》ちゃんは、もぐってはジャンプをくりかえしています。

「どうしたの？　いっしょにきてって、いってるの？」

クラベル姫《ひめ》が赤《あか》ちゃんをおいかけて、もぐっていくと……。

ラグーンの底《そこ》に、古《ふる》びたたからばこがありました。

（これは……まさか、伝説《でんせつ》のたからもの⁉）

サミュエル王子《おうじ》がさがしていた、たからばこでしょう。

おさまりきらないほどたくさんの金貨《きんか》やアクセサリー、きれいなジュエルがあふれ、あたりを金色《きんいろ》の世界《せかい》にしています。

「あなたが、みつけるなんてね」

クララベル姫《ひめ》は、赤《あか》ちゃんの鼻《はな》をやさしくなでました。

「おしえてくれてありがとうね。元気《げんき》でおおきくなるのよ」

イルカの群《む》れが水平線《すいへいせん》のむこうにみえなくなるまで、四人《よにん》はずっと手《て》をふりつづけたのでした。

よく朝《あさ》は、すばらしい天気《てんき》にめぐまれました。

クララベル姫《ひめ》たちは、先《さき》ほど、エンパリ島《とう》の女王《じょおう》さまにたからものをわたしてきたところ。

「わたくしたちは、イルカのみちびきにより、伝説《でんせつ》のたからものを発見《はっけん》いたしました。どうぞ、おおさめください」

女王《じょおう》さまがおよろこびになる様子《ようす》をみて、とてもほこらしい気分《きぶん》です。

さあ、船《ふね》のレース大会《たいかい》がはじまります。

「ねえ、手《て》こぎボートで沖《おき》へでて、もっと近《ちか》くでレースをみてみない？」

元気《げんき》なアイディアがひらめいて、みんなでボートのりばへ走《はし》っていきます。

すると、目《め》のまえでルル姫《ひめ》がくるりっと宙《ちゅう》がえりして、みごとボートに着地《ちゃくち》してみせました！

「すごいわ！　わたしも、もっと運動《うんどう》ができれば……」

クララベル姫《ひめ》がため息《いき》をつくと、
ルル姫《ひめ》は目《め》をまるくしました。
「あなたって、自分《じぶん》がどんなに
すごい女《おんな》の子《こ》か、知《し》らないのね！」
「そうよ。あらしの海《うみ》へとびこんだり、
パールのパワーをひきだしたり……」
「それができるのは、クララベル姫《ひめ》、
あなただけでしょ」

仲間《なかま》の言葉《ことば》がむねにひびきます。
（だれかとくらべてかなしむよりも
わたしにできることをがんばろう）
自分《じぶん》だけの〝自信《じしん》〟があれば、
明《あか》るくいられる気《き》がしました。
クララベル姫《ひめ》は海風《うみかぜ》を
すうっとすいこむと、レースの
いちばん最後《さいご》を走《はし》る船《ふね》に、心《こころ》からの声《せい》えんをおくったのでした。（おしまい）

王女《おうじょ》さま＊心理《しんり》ゲーム

物語《ものがたり》はいかがでしたか。

今度《こんど》はあなたが
主人公《しゅじんこう》になったつもりで
こたえてくださいね。
みんながあなたのどこを
すごいと思《おも》っているか
わかるのよ。

ラグーンで
イルカの赤《あか》ちゃんに
もらった美《うつく》しいパール。

あの子《こ》との
友情《ゆうじょう》のあかしよ。
このたからものを
どうやってもっているのが
いいかしら？

貝《かい》からだして
そのまま
ポケットにいれて
もちあるくわ

↓診断《しんだん》A《エー》へ

貝《かい》にいれたまま
お部屋《へや》に
おいておくわ

↓診断《しんだん》B《ビー》へ

貝《かい》からだして
ちいさな宝石《ほうせき》ばこに
いれて、お部屋《へや》に
おいておくわ

↓診断《しんだん》C《シー》へ

貝《かい》からだして
ハンカチにつつんで
もちあるくわ

↓診断《しんだん》D《ディー》へ

診断《しんだん》 A《エー》

あなたのすごいところは…

いざというときの勇気《ゆうき》

あなたが自信《じしん》をもっていい長所《ちょうしょ》は、いざというときの勇気《ゆうき》。
みんなが「どうしよう…」とおろおろしているようなときでも
あなたはどんどん行動《こうどう》をおこします。
いざというときにふしぎと勇気《ゆうき》がわいてきて
自然《しぜん》に体《からだ》が動《うご》いてしまうタイプなのです。
そんなあなたを、みんなは
あこがれのまなざしでみています。
とても勇気《ゆうき》があって、ついていきたい人《ひと》と
思《おも》っていることでしょう。

B
ビー

診断《しんだん》

あなたのすごいところは…

あきらめない ねばりづよさ

あなたが自信《じしん》をもっていい長所《ちょうしょ》は、何《なに》があってもあきらめない強《つよ》い気持《きも》ち。ピンチになったり、つかれたりして「もうだめだ…」とみんながあきらめかけるようなときにもあなただけは最後《さいご》まであきらめません。根気《こんき》よく何度《なんど》もくりかえすうちに不可能《ふかのう》だったことにまで、奇跡《きせき》をおこしてしまうのです。

そんなあなたの「つづける力《ちから》」を、みんなはまねのできない、すごい能力《のうりょく》として尊敬《そんけい》していることでしょう。

診断《しんだん》 C《シー》

あなたのすごいところは…

とっさの判断力《はんだんりょく》

あなたが自信《じしん》をもっていい長所《ちょうしょ》は、とっさのときに
判断《はんだん》する力《ちから》。思《おも》いもよらなかったできごとに出会《であ》って
今《いま》すぐにどうするか、こたえをださなくてはいけないとき、
あなたはすぐに「じゃあ、こうしようよ！」と
決《き》めることができる人《ひと》なのです。
しかもその決断《けつだん》は、あとで「こう進《すす》んでよかった」と
だれもが思《おも》えるものでしょう。そんなあなたをみんなは
頭《あたま》の回転《かいてん》がはやく、かんのするどい人《ひと》として
たよりにしています。

診断《しんだん》 D ディー

あなたのすごいところは…
人《ひと》への思《おも》いやり

あなたが自信《じしん》をもっていい長所《ちょうしょ》は、人《ひと》を思《おも》いやることのできるやさしい心《こころ》。おちこんでいる人《ひと》がいたら「どうしたの?」と声《こえ》をかけて、笑顔《えがお》になるまでそばによりそいます。

何《なに》もいわれなくても人《ひと》の心《こころ》をびんかんに感《かん》じとれるから、あなたがそばにいると、だれもがあたたかい気持《きも》ちになるのです。

そんなあなたのことを、みんなは、心《こころ》をゆるせる相手《あいて》としてだいじに思《おも》っているにちがいありません。

クララベル姫《ひめ》のこぼればなし

南《みなみ》の島《しま》では、ほかにもこんなできごとがありました。

お庭《にわ》で王子《おうじ》さまたちとランチをしたのよ

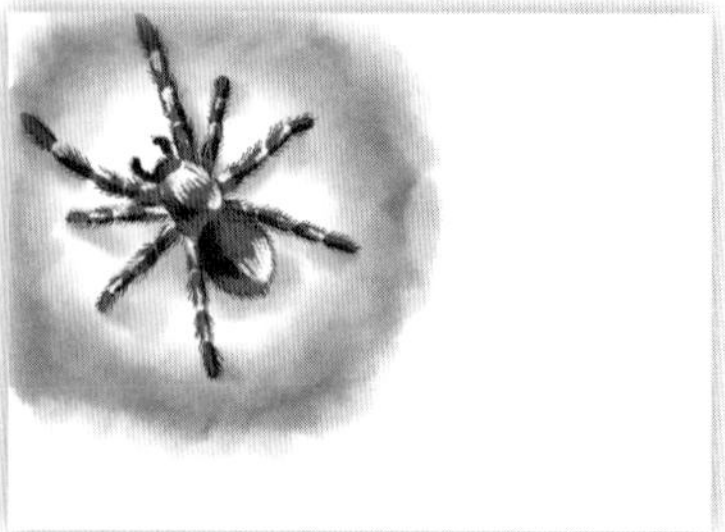

気味《きみ》のわるいクモがそばを…きゃああ！

こわい王妃《おうひ》さまにしかられたことも…

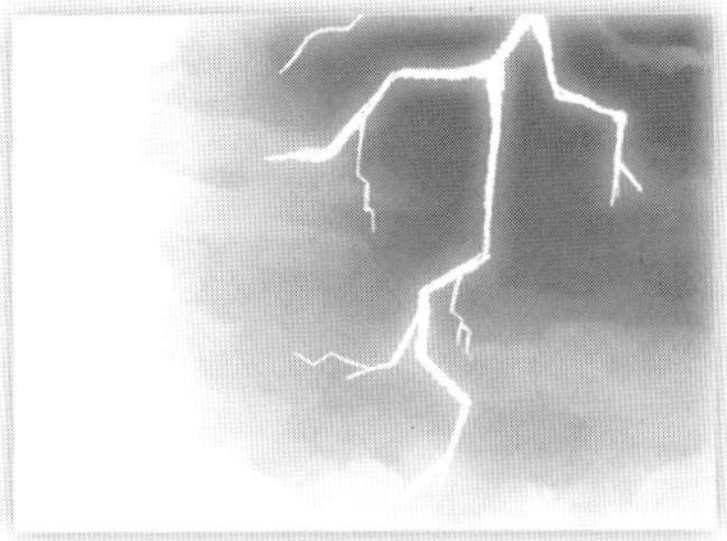

あらしの空《そら》にかみなりが…！

水着《みずぎ》になってラグーンをおよいだの

今回《こんかい》の物語《ものがたり》が、もっと深《ふか》く
くわしく楽《たの》しめる本《ほん》

南《みなみ》の島《しま》の 願《ねが》いごとパール

１さつまるごと
わたし（クララベル）のおはなしです！

お守《まも》りジュエル
Freya フレイア姫《ひめ》

物語《ものがたり》・2 雪《ゆき》ふる森《もり》の

雪《ゆき》と氷《こおり》の国《くに》で
お父《とう》さまとくらす 女《おんな》の子《こ》の物語《ものがたり》よ！

わたしは、おさないときに母《はは》をなくし
父《ちち》とお城《しろ》の人《ひと》びとと、くらしています。
みなさんは、ご両親《りょうしん》とうまくいっていますか。
わたしは、父《ちち》のことを尊敬《そんけい》しているけれど…
きびしく管理《かんり》されるのがなやみでした。
でも、『ティアラ会《かい》』の
王女《おうじょ》さまたちがやってきて。
運命《うんめい》がぱあっとかわったんです！

1 雪《ゆき》の森《もり》の 王女《おうじょ》さま

サクッ　サクッ　サクッ……銀色《ぎんいろ》にかがやくやわらかな雪《ゆき》の上《うえ》を、ひとりの王女《おうじょ》さまが、さびしそうに歩《ある》いていました。

長《なが》い三《み》つ編《あ》み、すんだひとみをした、フレイア姫《ひめ》です。

ここは、おとぎの世界《せかい》にある雪《ゆき》ふる森《もり》の国《くに》、ノーザンランド王国《おうこく》。

お城《しろ》も、ならんだモミの木《き》も、冬《ふゆ》げしょうで白《しろ》くきらめいています。

いつもは静《しず》かなこの庭《にわ》で、ちいさな王子《おうじ》さまたちが雪合戦《ゆきがっせん》をしているのを、フレイア姫《ひめ》は、うらやましそうにながめました。

王子《おうじ》さまたちは、よその国《くに》からのお客《きゃく》さま。お父《とう》さまであるエリック王《おう》が、世界《せかい》じゅうから王《おう》さまとご家族《かぞく》をまねいたのです。

この冬《ふゆ》、森《もり》につくった新《あたら》しいスケートリンクのおひろめが目的《もくてき》でした。

フレイア姫《ひめ》はお城《しろ》のなかへもどり、ため息《いき》をつきました。

ああ、にぎやかなお城《しろ》で
わたしだけ　ひとりぼっちなのね…

ノーザンランド王国《おうこく》の
フレイア姫《ひめ》

心《こころ》がひえびえとしているわけは……きびしすぎるお父《とう》さまです。
過保護《かほご》なお父《とう》さまは、フレイア姫《ひめ》を自由《じゆう》にさせてくれません。
少《すこ》しでもあぶなそうなあそびは禁止《きんし》、夜《よる》に庭《にわ》にでることも禁止《きんし》です。
（わたしにも、お母《かあ》さまがいたら、助《たす》けてもらえるのに）
……とそのとき、まどの外《そと》に、四人《よにん》の王女《おうじょ》さまたちがみえました。
笑《わら》いあいながら、庭《にわ》の門《もん》をでていきます。
（おない年《どし》くらいかしら……楽《たの》しそう！）
思《おも》わず外《そと》へとびだし、あとをおいかけていました。

「こんにちは！
わたしたちといっしょに
そりすべりしませんか？」

リッディングランド
王国《おうこく》の ユリア姫《ひめ》

オニカ王国《おうこく》の
ジャミンタ姫《ひめ》
ウィンテリア王国《おうこく》の
クララベル姫《ひめ》
ウンダラ王国《おうこく》の ルル姫《ひめ》

明《あか》るく声《こえ》をかけてくれた王女《おうじょ》さまは、ユリア姫《ひめ》。

それから、そりをひっぱっているルル姫《ひめ》に、ストレートロングの髪《かみ》で、かしこそうなジャミンタ姫《ひめ》、やさしくほほえむクララベル姫《ひめ》。

四人《よにん》にいっせいにみつめられ、フレイア姫《ひめ》は顔《かお》を赤《あか》らめます。

「さそってくださって、ありがとう。わたしはこの国《くに》の王女《おうじょ》、フレイアです。みなさんがお城《しろ》へとまりにきてくれて、とてもうれしいわ」

フレイア姫《ひめ》は、ひさしぶりにそりすべりをしてみました。

ずっとまえにけがをしそうになってから、お父《とう》さまに禁止《きんし》されていましたが……もう、おさない子《こ》ではないのです。

(みつかったらどんなにしかられるか、こわいけれど……過保護《かほご》にされっぱなしはいや。みんなのように自由《じゆう》にしたいわ)

活発《かっぱつ》な王女《おうじょ》さまたちとあそぶのは、なんて楽《たの》しいことでしょう！

(みんなと、もっと仲《なか》よくなりたいな)

フレイア姫《ひめ》は、いいことを思《おも》いつきました。

「みなさん。わたしの部屋《へや》に、とっておきをみにきませんか？」

「わあ！」
「かわいい！」
ミンキー
デイジー
ココ
フラフルス
ベルベット
ダスキー
カーラ

「母《はは》ネコがカーラ、赤《あか》ちゃんは、ダスキー、ベルベット、フラフルス、ココ、デイジーに……」

フレイア姫《ひめ》は、指《ゆび》さしながらしょうかいしていき、最後《さいご》の一《いっ》ぴきをだきあげました。

「この子《こ》はミンキー。とってもおてんばな女《おんな》の子《こ》なんです。すぐにいなくなるから目《め》がはなせなくて……だけど、ふしぎですね、手《て》のかかる子《こ》ほどかわいくて、守《まも》ってあげたい気持《きも》ちになるんです」

ネコをなでながらきいていたユリア姫《ひめ》が、ふいに顔《かお》をあげます。

「ねえ、フレイア姫《ひめ》にならゝはなしてもいいと思《おも》わない？」

なんだかひみつのふんいきになり、フレイア姫《ひめ》はドキンとしました。

（……何《なに》かしら？　みんなだけのないしょのおはなし？　わたしにも

おしえてもらえますように）

祈《いの》るような気持《きも》ちで、四人《よにん》をみつめると……。

王女《おうじょ》さまたちは、笑顔《えがお》でうなずきあっています。

「動物《どうぶつ》をだいじにしている子《こ》だもの、『ティアラ会《かい》』にぴったりよ」

2　ひみつの『ティアラ会《かい》』

『ティアラ会《かい》』とは、四人《よにん》がはじめた友情《ゆうじょう》の活動《かつどう》のことでした。

「それぞれの国《くに》で、はなれてくらしているけれど、こまったことやなやみが生《う》まれたときには、かけつけて助《たす》けあう約束《やくそく》をしているの」

「真夜中《まよなか》の冒険《ぼうけん》をしたり、動物《どうぶつ》をすくったこともあってね」

「『ティアラ会《かい》』のことは、親《おや》にもきょうだいにも、ないしょなのよ」

だれにもないしょだなんて……よけいにわくわくします！

『ティアラ会《かい》』のこれまでの冒険《ぼうけん》や大活《だいかつ》やくのはなしをきいて、みんなの仲間《なかま》にいれてもらえたよろこびが、わきあがってきます。

そのとき、うでのなかでミンキーがあばれ、はずみでフレイア姫《ひめ》のドレスの下《した》にかくれていたお守《まも》りペンダントがとびだしました。

「これは、スノークオーツというジュエルで……わたしが赤《あか》ちゃんのころに天国《てんごく》へいってしまった、母《はは》の形見《かたみ》なの」

このペンダントのことを、だれかにはなすのは、はじめてです。

いつでも身《み》につけて、不安《ふあん》なときにはにぎりしめる……白《しろ》い氷《こおり》のようなそのジュエルは、心《こころ》のささえであり、かけがえのないたからもの。

スノークオーツは、ふたがはずせるいれものになっていて、なかにはおりたたんで、くるんと巻《ま》かれた、ちいさな紙《かみ》がはいっていました。

「これはね、母《はは》がのこしてくれた手紙《てがみ》で……」

そう説明《せつめい》しはじめたとき、フレイア姫《ひめ》はびくっとしました。

ろうかを近《ちか》づいてくる足音《あしおと》……この音《おと》はたぶん……。

ノーザンランド王国《おうこく》の
エリック王《おう》（お父《とう》さま）

「フレイア！　スリッパをこんなにかじったのは、その無礼《ぶれい》なネコだな！」

やはり、部屋《へや》へきたのはお父《とう》さまでした。

強《つよ》い口調《くちょう》に、フレイア姫《ひめ》は、ふるえあがります。

「お父《とう》さま、ごめんなさい。

ネコたちを、部屋《へや》からださないように気《き》をつけますから」

そばにいたユリア姫《ひめ》も、かばってくれました。

「陛下《へいか》！　ネコにわる気《ぎ》はないはずです。どうかおゆるしください」

しかし、お父《とう》さまのいかりはしずまりません。


「ネコを城《しろ》のなかへおくのは、禁止《きんし》だ！

庭《にわ》の小屋《こや》へだすことを命《めい》じる！」


きっぱりいいわたすと、お父《とう》さまはドアに手《て》をかけます。

「ああ、それから。先《さき》ほど、丘《おか》でそりをしていたようだな。まえに禁《きん》止《し》したはずだ。どうしてもしたいなら、庭《にわ》でやりなさい」

ドアはしめられ、フレイア姫《ひめ》の言葉《ことば》がむなしく部屋《へや》にひびきました。

「お父《とう》さま……。わたしはもう、庭《にわ》のちいさな坂《さか》であそぶほど、おさない子《こ》どもではありません……」

ミャ〜ァ

むじゃきに顔《かお》をこするミンキーをぎゅうっとだきしめて、うつむきます。
お父《とう》さまはいつもこう……フレイア姫《ひめ》のいい

分《ぶん》はきこうともせず、子《こ》どももあつかいして、しばりつけるのです。

フレイア姫《ひめ》が、みんなと大広間《おおひろま》でディナーをとっているあいだに、ミンキーたちは、部屋《へや》から庭《にわ》の小屋《こや》へとおいだされていました。

ネコにばつをあたえるお父《とう》さまもゆるせませんが、ミンキーたちを守《まも》れなかった自分《じぶん》にもかなしくなって、なみだがほおをつたいます。

(外《そと》の小屋《こや》は、ネコたちには寒《さむ》すぎるのに……)

ベッドにふせて泣《な》いていると、ノックの音《おと》がしました。

CANDY
STORE

「フレイア姫《ひめ》！　元気《げんき》のでるおかしよ」

王女《おうじょ》さまたちが、はげましにきてくれたのです！

暗《くら》かった心《こころ》に、ぽうっとあかりがともりました。

おかしを食《た》べながら、にぎやかな夜《よる》のおしゃべりがはじまります。

みんなは、右手《みぎて》の小指《こゆび》にネイルアートされた、ハート形《がた》のジュエルをみせてくれました。

『ティアラ会《かい》』の仲間《なかま》のしるしなんだそう。

「はなれていても、心《こころ》と心《こころ》で会話《かいわ》できる、魔法《まほう》のジュエルなの」

「フレイア姫《ひめ》のぶんも用意《ようい》しましょうね」

(すごいわ！　……魔法《まほう》のジュエルだなんて)

自分《じぶん》はもうひとりぼっちじゃない……そう感《かん》じたフレイア姫《ひめ》は、寒《さむ》さに弱《よわ》いネコたちのことが心配《しんぱい》だと、うちあけてみました。

すると、クララベル姫《ひめ》がいったのです。

「夜中《よなか》にお城《しろ》をぬけだして、ネコを助《たす》けに小屋《こや》へいきましょう」

ほかの三人《さんにん》も、ぱっと顔《かお》をかがやかせて、賛成《さんせい》します。

3 すてきな仲間《なかま》たち

フレイア姫《ひめ》は、四人《よにん》の行動力《こうどうりょく》におどろくばかりでした。

ひとりなら、暗《くら》い夜《よる》の庭《にわ》へでることさえ無理《むり》だったでしょう。

思《おも》ったとおりひえきっていた小屋《こや》からネコをつれもどし、メイドの仕事部屋《しごとべや》にかくすことができて、大満足《だいまんぞく》でした。

お父《とう》さまにないしょで夜《よる》の冒険《ぼうけん》をしたのも、大人《おとな》になった気分《きぶん》です。

よく朝《あさ》は、森《もり》のスケートリンクのおひろめでした。
「フレイア姫《ひめ》、お手本《てほん》をみせて！」
リクエストにこたえ、くるくるっとスピンすると、
リンクじゅうからはく手《しゅ》かっさい。

（きょうは、人生《じんせい》でいちばん
しあわせな日《ひ》かもしれないわ！）
そう感《かん》じたのもつかのま……。

そのころお城《しろ》では、メイドの仕事部屋《しごとべや》からミンキーがにげだして、お客《きゃく》さまを巻《ま》きこんだ大《おお》さわぎがおきていたのです。

「フレイア！　城《しろ》のなかに、ネコをおいてはならんといっただろう」

けわしい顔《かお》でミンキーをおいまわしているお父《とう》さまの耳《みみ》に、小屋《こや》が寒《さむ》すぎたからという声《こえ》はとどきません。

そして最悪《さいあく》なことに、このそうどうのなか、ミンキーが庭《にわ》をぬけ、門《もん》からでていってしまったのです。

外《そと》は深《ふか》い雪《ゆき》……赤《あか》ちゃんネコにとっては、命《いのち》にかかわる寒《さむ》さです。

「早《はや》くつれもどさなければ……こごえて、死《し》んでしまうわ！」
フレイア姫《ひめ》は、夢《む》中《ちゅう》でかけだしていました。

「ミンキー！　どこなの？」

大《おお》つぶの雪《ゆき》がふりしきる森《もり》のおくへと、王女《おうじょ》さまたちも走《はし》ります。

ミンキーは、こおった川《かわ》の水面《すいめん》につきでた岩《いわ》にのっていました。
「なぜ、あんな場所《ばしょ》へ？　ここの氷《こおり》は、うすくて危《き》険《けん》なのに」

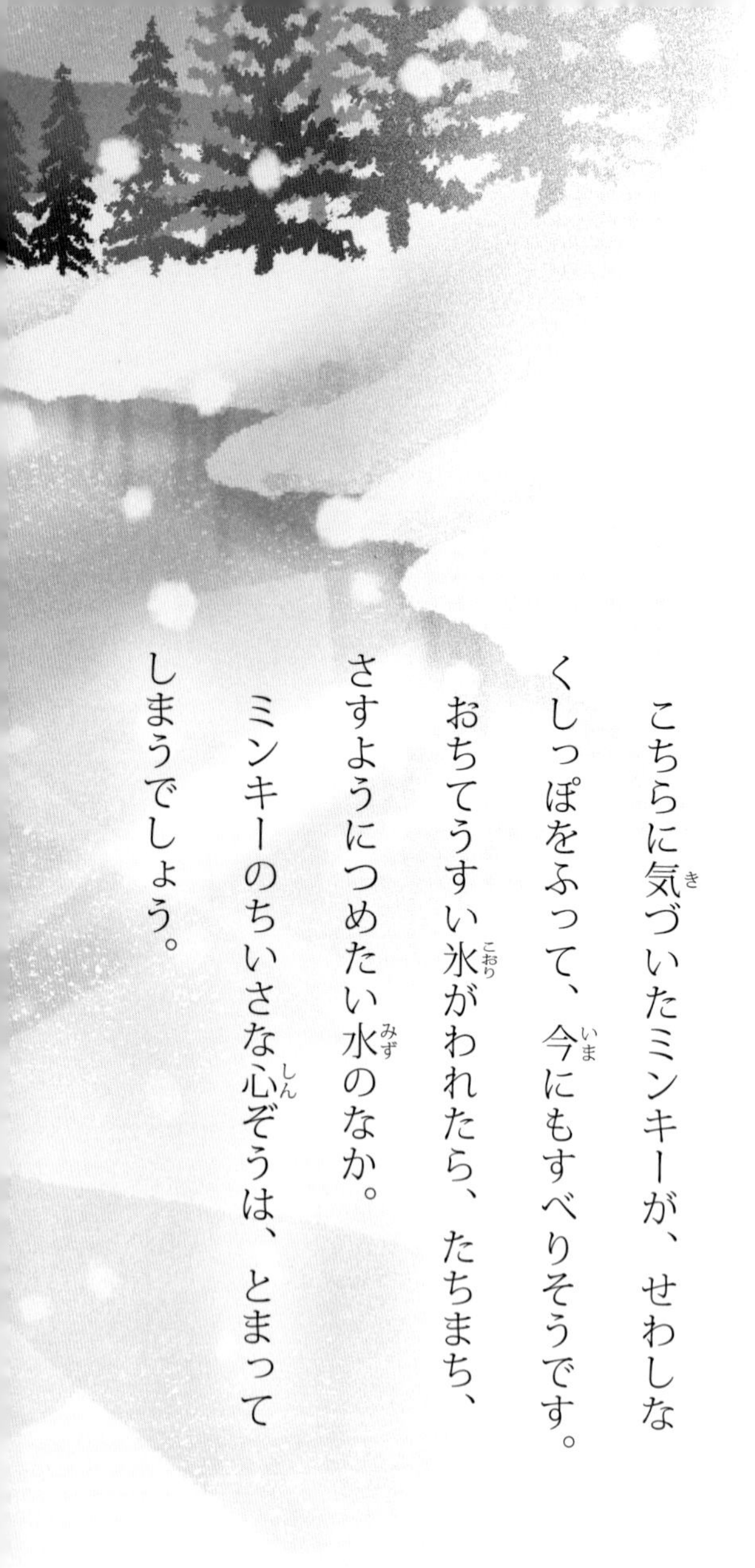

ミイィ…ミイィィ……

こちらに気《き》づいたミンキーが、せわしなくしっぽをふって、今《いま》にもすべりそうです。

おちてうすい氷《こおり》がわれたら、たちまち、さすようにつめたい水《みず》のなか。

ミンキーのちいさな心《しん》ぞうは、とまってしまうでしょう。

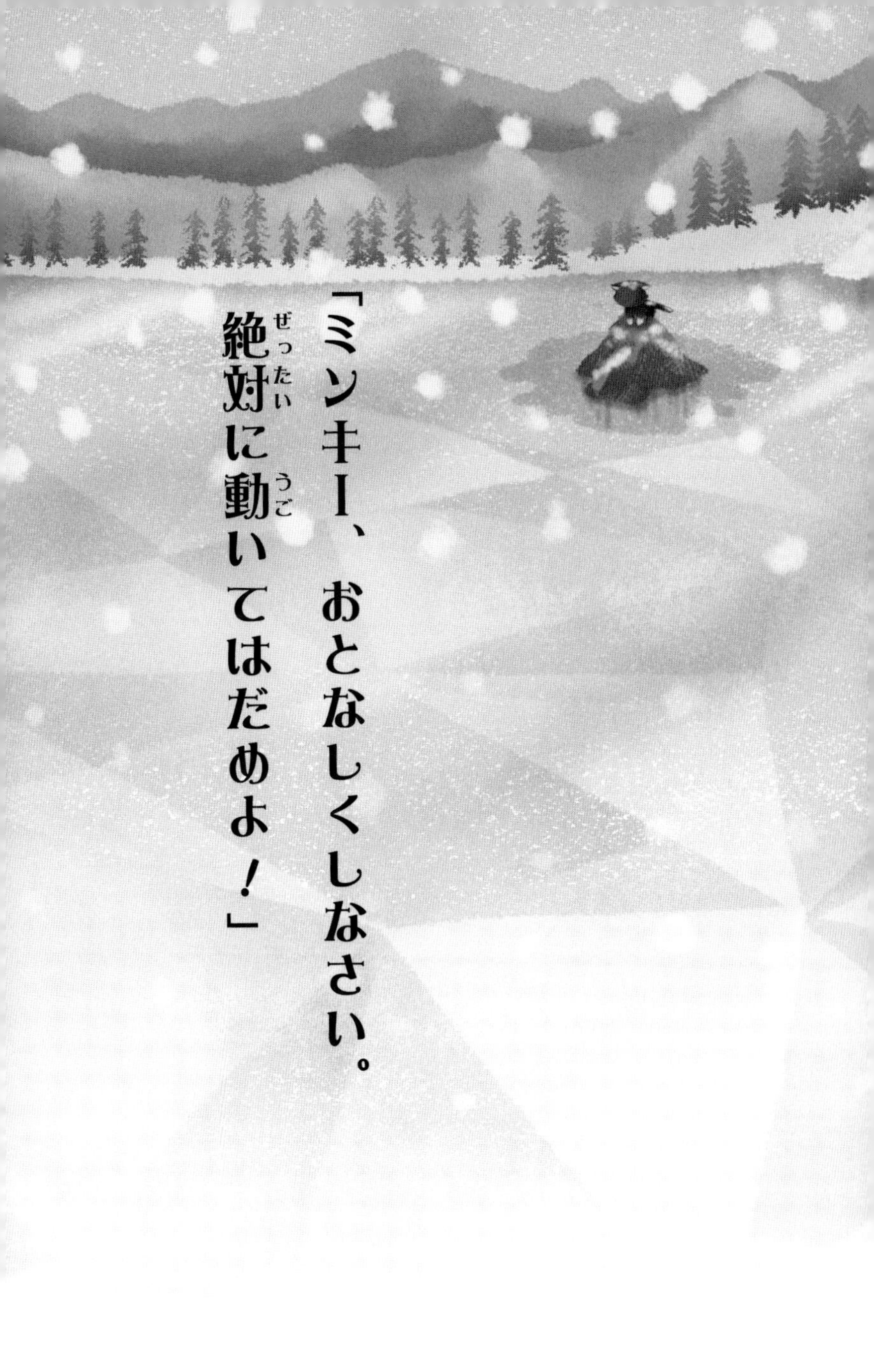

「ミンキー、おとなしくしなさい。
絶対《ぜったい》に動《うご》いてはだめよ！」

思《おも》わず大声《おおごえ》でさけんだフレイア姫《ひめ》は、はっとしました。

（いつもお父《とう》さまにいわれているようなことと、そっくり……）

もしかして、お父《とう》さまも、今《いま》のフレイア姫《ひめ》とおなじ気持《きも》ちで……!?

フレイア姫《ひめ》があぶないめにあわないか、心配《しんぱい》するあまり、いつも命《めい》令《れい》のような、きびしいいいかたになっているのでしょうか。

（……ううん、まさかね。わたしのすることが気《き》にくわないだけよ。

ああ、お母《かあ》さま……ミンキーをすくうには、どうしたらいいの？）

コートの下《した》のお守《まも》りペンダントを、にぎりしめようとしたとき。

首《くび》に結《むす》んでいたペンダントのリボンが、みえない手《て》にほどかれたように、するりとほどけて。
スノークオーツが、ポスッと雪《ゆき》の上《うえ》におちたのです。

シュウゥゥーーッ。

ふしぎなことに、スノークオーツにふれた雪《ゆき》がとけはじめました。
(これは……もしかして、お母《かあ》さまのお手紙《てがみ》に書《か》いてあったこと!?)
フレイア姫《ひめ》は、スノークオーツのなかの紙《かみ》をだして、広《ひろ》げます。

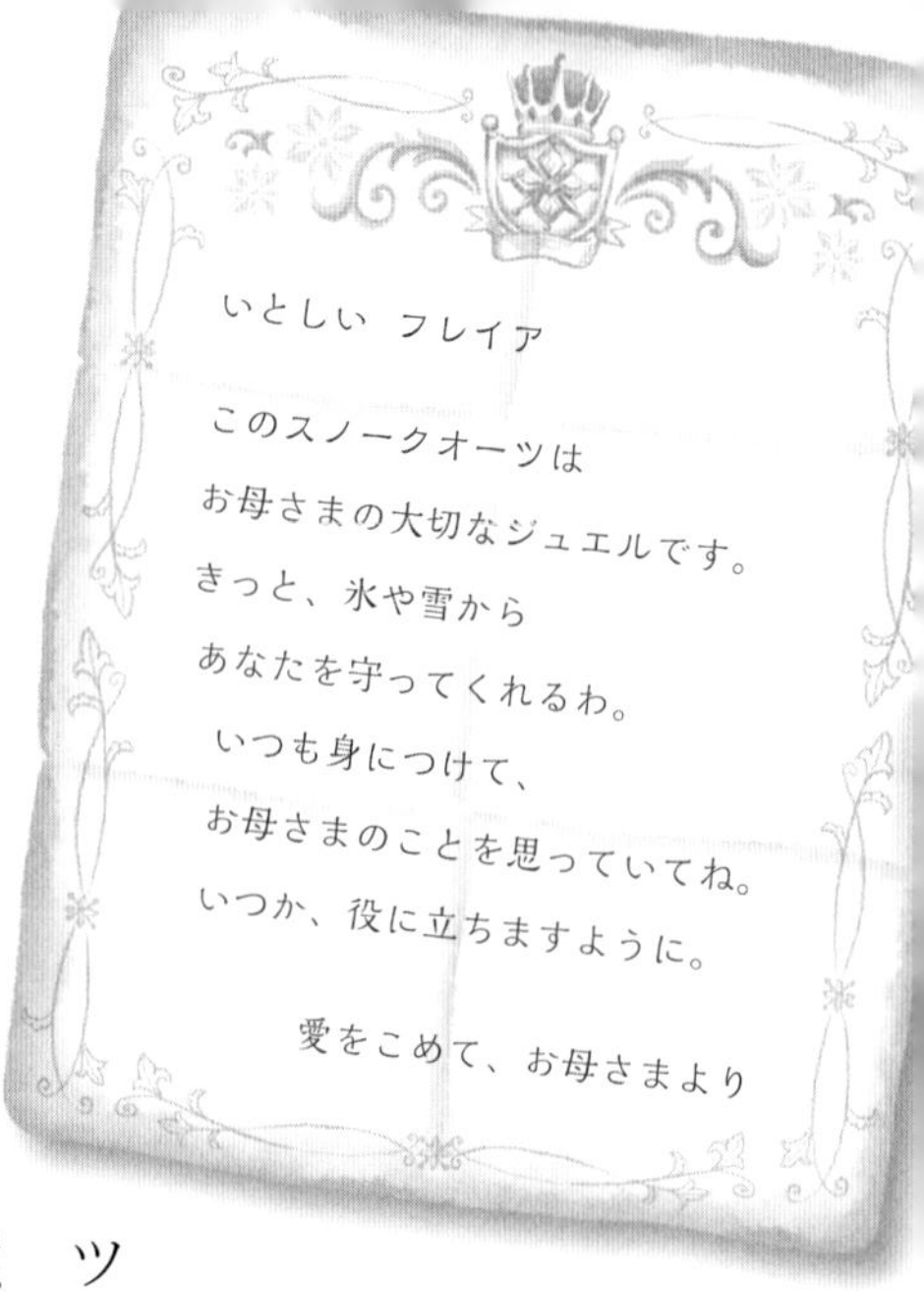
いとしい　フレイア

このスノークオーツは
お母さまの大切なジュエルです。
きっと、氷や雪から
あなたを守ってくれるわ。
いつも身につけて、
お母さまのことを思っていてね。
いつか、役に立ちますように。

愛をこめて、お母さまより

（「守《まも》る」って、氷《こおり》や雪《ゆき》をとかすパワーのことだったのね……）

あたたかくなったスノークオーツに、お母《かあ》さまがそばにいてくれるような心強《こころづよ》さを感《かん》じて、力《ちから》がわいてきます。

（わたし、がんばるわ。ミンキーを絶対《ぜったい》に助《たす》ける！）

岸《きし》の近《ちか》くにボートがあるのがみえて、フレイア姫《ひめ》はひらめきました。

「スノークオーツの魔法《まほう》と、あのボートをつかいましょう！」

4 スノークオーツの魔法《まほう》

水面《すいめん》にはった氷《こおり》へ、スノークオーツを近《ちか》づけると……。

シュウゥゥーーッ。

うすい氷《こおり》がとけて、とうめいな水《みず》へとかわり……まもなくボートをうかべられるほどになりました。

王女《おうじょ》さまたちは、フレイア姫《ひめ》を先頭《せんとう》に、ボートへのりこみます。
進行方向《しんこうほうこう》へスノークオーツをかかげると、シュウゥゥーッ
と氷《こおり》がとけていきました。
ルル姫《ひめ》たちが、一生《いっしょう》けんめいにオールを動《うご》かして、ボートを
ゆっくりと岩《いわ》へ近《ちか》づけます。

「ミンキー、いい子《こ》よ…」

「つかまえた！
もう、だいじょうぶ」

フレイア姫《ひめ》はミンキーをだきあげると、すっかりひえきっているちいさな体《からだ》に、スノークオーツをあてます。

ぬれていた毛《け》が、魔法《まほう》のパワーで、あっというまにかわきました。


ミィィ…


ふわふわにもどったミンキーは、ほっとしたのかねむそうです。

王女《おうじょ》さまたちのよろこぶ声《こえ》をききながら、フレイア姫《ひめ》は考《かんが》えました。

（お父《とう》さまとちゃんとはなさなくちゃ。ミンキーたちがだいじな存在《そんざい》だとわかってほしいし、自分《じぶん》にもいけないところがあったと思《おも》うから）

お城《しろ》へもどったフレイア姫《ひめ》は、お父《とう》さまの書《しょ》さいをおとずれました。

「お父《とう》さま、きいてほしいの」


庭《にわ》の小屋《こや》が寒《さむ》いのではと心配《しんぱい》で外《そと》にでたこと、ネコたちがこごえてしまいそうだったから部屋《へや》にいれたことを、ミンキーをうでにだきながら、ていねいに説明《せつめい》すると、お父《とう》さまは静《しず》かにうなずきました。

「だが、おおぜいの招待客《しょうたいきゃく》のまえで、一国《いっこく》の王《おう》が、にげだしたネコをおいまわし、ひどいはじをかいたのだ」

フレイア姫《ひめ》は、ずきん、と心《こころ》がいたみました。

夜《よる》の冒険《ぼうけん》のあと……ネコの家族《かぞく》を寒《さむ》さから守《まも》ったことに満足《まんぞく》するばかりで、だれかにめいわくがかからないかどうかまで想像《そうぞう》できなかったのは、反省《はんせい》すべきです。

それに、お父《とう》さまは、フレイア姫《ひめ》の失敗《しっぱい》をフォローしようとして、はじをかくことになってしまったのです。

そのとき。ミンキーがフレイア姫《ひめ》のうでからぴょん、とおりて、お父《とう》さまのひざにあがり、ゴロゴロとのどを鳴《な》らすではありませんか。

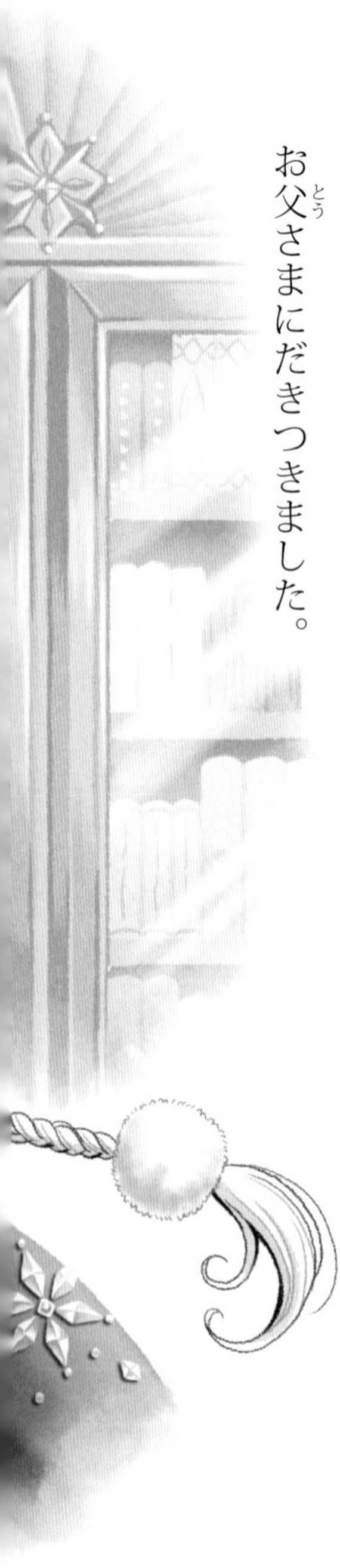

お父《とう》さまはとまどいながらも、そのあまえんぼうをみつめ……
いとおしそうにだきあげて、ほほえんだのです。
「たった今《いま》より、このネコとその家族《かぞく》を
城《しろ》におくことを許可《きょか》する！」
あまりのうれしさに、フレイア姫《ひめ》は
お父《とう》さまにだきつきました。

あした、それぞれの国《くに》へかえるみんなと最後《さいご》のおしゃべりがはじまります。
今回《こんかい》のできごとで、フレイア姫《ひめ》は、たくさんのことを学《まな》びました。
お父《とう》さまからあれこれ注意《ちゅうい》をうけないようにするには、危険《きけん》かどうか、自分《じぶん》で正《ただ》しく判断《はんだん》できるようになること。
自分《じぶん》の行動《こうどう》が、だれかのめいわくにな

らないかどうか、先《さき》のことまでよく考《かんが》えること。
それから……。きびしい言葉《ことば》のおくには、ほんとうのやさしさや愛《あい》がかくれていることも、あるということ。

お母《かあ》さま。わたし、お父《とう》さまの「心《こころ》の真実《しんじつ》」に気《き》づきました…

フレイア姫《ひめ》は、魔法《まほう》のスノークオーツが、さびしかった自分《じぶん》の心《こころ》もやさしくあたため、とかしてくれたのを感《かん》じたのでした。

（おしまい）

王女《おうじょ》さま＊心理《しんり》ゲーム

物語《ものがたり》はいかがでしたか。

おちこんでいたときに、王女《おうじょ》さまたちが
もってきてくれた「元気《げんき》のでるおかし」は
効果《こうか》ばつぐんでした。
あなたが
「心《こころ》の真実《しんじつ》」を
知《し》りたい
お友《とも》だちにも
おすそわけ

今度《こんど》はあなたが
主人公《しゅじんこう》になったつもりで
こたえてくださいね。
ここでは、お友《とも》だちの
「心《こころ》の真実《しんじつ》」がわかるのよ。

しましょう。
その子《こ》が
選《えら》んだのは
どれかしら？

ココナッツが
まぶされた
ストロベリー味《あじ》の
プチケーキ

↓診断《しんだん》A《エー》へ

アーモンドや
ヘーゼルナッツ
たっぷりの
チョコレートバー

↓診断《しんだん》B《ビー》へ

フルーツ味《あじ》が
口《くち》いっぱいに
広《ひろ》がるカラフルな
ジェリービーンズ

↓診断《しんだん》C《シー》へ

ぐるぐるうずまきが
キュートな
ぼうつきの
おおきなキャンデー

↓診断《しんだん》D《ディー》へ

診断《しんだん》 A《エー》

そのお友《とも》だちの「心《こころ》の真実《しんじつ》」は…

強《つよ》そうにみえても じつはさびしがりや

そのお友《とも》だちは、やると決《き》めたら、すぐに行動《こうどう》をおこし、
正《ただ》しいと思《おも》ったことは、たとえ相手《あいて》が大人《おとな》でも
どうどうとつたえる人《ひと》でしょう。みんなは、その子《こ》のことを
すごく強《つよ》い子《こ》と思《おも》っているかもしれませんが、
じつは弱《よわ》いところもあって、かなりのさびしがりやなのです。
人《ひと》といっしょにいないときは、まるで宇宙《うちゅう》にひとりぼっちで
いるぐらい、おちつかない気持《きも》ちになっていそう…。
おたがいにもっと大切《たいせつ》な存在《そんざい》になりたいなら、
あなたからやさしい言葉《ことば》をかけてあげてください。

そのお友《とも》だちの「心《こころ》の真実《しんじつ》」は…

クールそうにみえるけど ほんとうは おもしろい

そのお友《とも》だちは「じょうだんをいっても、相手《あいて》にされないんじゃないかな」と思《おも》われがちな、優等生《ゆうとうせい》タイプの人《ひと》です。まじめでかたい考《かんが》えかたをしそうにみえるけど、じつはおもしろいことが大好《だいす》き。それに、たくさんの情報《じょうほう》や知識《ちしき》をもっていて自然《しぜん》に人《ひと》を笑《わら》わせてしまう才能《さいのう》をそなえているのです。あなたから気軽《きがる》にはなしかけて、つっこんでみましょう。会話《かいわ》がもりあがって、楽《たの》しい時間《じかん》がすごせること、まちがいなしです。

診断《しんだん》 B《ビー》

診断《しんだん》 C《シー》

そのお友《とも》だちの「心《こころ》の真実《しんじつ》」は…

遠《とお》いあこがれの人《ひと》と思《おも》いがち だけど、じつは気《き》さく

そのお友《とも》だちは明《あか》るくて、はなやかなふんいき。
いつも人《ひと》にかこまれているので
近《ちか》よりがたいと感《かん》じてしまうかもしれません。
でも、ほんとうは気《き》さくで、人《ひと》なつっこいタイプです。
はじめて会《あ》った人《ひと》ともすぐに仲《なか》よくなれる
ばつぐんの社交性《しゃこうせい》をそなえています。
その子《こ》ともっと仲《なか》よくなりたいと思《おも》うなら
遠《えん》りょせずにどんどんはなしかけてみましょう。
そうすれば、大親友《だいしんゆう》になるのも夢《ゆめ》ではありません。

診断《しんだん》 D《ディー》

そのお友《とも》だちの「心《こころ》の真実《しんじつ》」は…

さめているようにみえても　ほんとうは熱《あつ》い気持《きも》ちがある

そのお友《とも》だちは、みんなではなしているときも、さわいだりしないし、楽《たの》しいときもうれしいときも、あまり感情《かんじょう》を表《おもて》にあらわさないのでクールな人《ひと》、さめている人《ひと》と思《おも》われがちです。

でも、ほんとうは、だれかのためなら、自分《じぶん》が損《そん》をするとわかっていてもとびまわって力《ちから》をつくすような、熱《あつ》い心《こころ》をもった人《ひと》です。

こまっていることや、なやみごとを相談《そうだん》してみましょう。

きっと自分《じぶん》のことのように親身《しんみ》になってくれるにちがいありません。

フレイア姫《ひめ》のこぼればなし

雪《ゆき》ふる森《もり》では、ほかにも
こんなできごとがありました。

夜《よる》の庭《にわ》での冒険《ぼうけん》はドキドキしました

庭《にわ》の小屋《こや》は屋根《やね》がこわれていて…

スケートは得意《とくい》なんです

ねまきすがたの王子《おうじ》さまたちにばったり！

みんなですべれて最高《さいこう》にしあわせでした

ぜひよんでみて
くださいね

今回《こんかい》の物語《ものがたり》が、もっと深《ふか》く
くわしく楽《たの》しめる本《ほん》

雪《ゆき》ふる森《もり》の お守《まも》りジュエル

1さつまるごと
わたし（フレイア）のおはなしです！

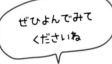

ジュエルの約束《やくそく》
Yuria ユリア姫《ひめ》

物語《ものがたり》・3

舞踏会《ぶとうかい》と

舞踏会《ぶとうかい》へ いって 『ティアラ会《かい》』が できたときの物語《ものがたり》よ！

最後《さいご》のおはなしは、ここまでのふたつの物語《ものがたり》よりも、まえにあったできごとです。わたしが大人《おとな》たちの舞踏会《ぶとうかい》にはじめて〝デビュー〟したときのこと。ドレスアップして、ひとりずつごあいさつをするのが、王室《おうしつ》のしきたりなのですが…きんちょうとプレッシャーを感《かん》じるなか、森《もり》でかなしい事件《じけん》がおきてしまったのです…。

1　あこがれの舞踏会《ぶとうかい》

小鳥《ことり》がさえずり、緑《みどり》がかおる、希望《きぼう》の春《はる》がやってきました。

ごうかな馬車《ばしゃ》が、森《もり》にあるおおきな金色《きんいろ》の門《もん》をくぐります。

「ついに、きたのね！」

馬車《ばしゃ》から顔《かお》をだしたのは、リッディングランド王国《おうこく》のユリア姫《ひめ》。

ミストバーグのお城《しろ》で、せいだいな舞踏会《ぶとうかい》がひらかれるのです。

ユリア姫《ひめ》は、両親《りょうしん》である王《おう》さまと王妃《おうひ》さまといっしょに
このお城《しろ》へ、はじめてまねかれていました。
舞踏会《ぶとうかい》は二日後《ふつかご》ですが、もうむねがドキドキしています。
というのも、この行事《ぎょうじ》は、とても大切《たいせつ》な意味《いみ》があるから
……世界《せかい》二十《にじっ》か国《こく》の王《おう》さまと王妃《おうひ》さまのまえで、ごあいさつと自己《じこ》しょうかいをして、一人《いちにん》まえのレディーの仲間《なかま》いりをする〝デビュー〟の場《ば》なのです。

さあ、エントランスのそばに、馬車《ばしゃ》がつきました。

「ようこそ、ユリア姫《ひめ》。
はじめての舞踏会《ぶとうかい》を
ぞんぶんに楽《たの》しみなさい」

お城《しろ》のあるじ、ガッドランド王《おう》がでむかえてくれました。

ユリア姫《ひめ》はお母《かあ》さまに習《なら》ったとおりひざを曲《ま》げ、ごあいさつします。

「はじめまして、陛下《へいか》。国《くに》の代表《だいひょう》として、がんばります」


三十分後《さんじっぷんご》、ユリア姫《ひめ》はドレスメイクルームをさがして、なれないお城《しろ》のなかを、いったりきたりしていました。

「ここ……だったかしら？」

少《すこ》しひらいているとびらのなかをのぞくと……。

うす暗《ぐら》いお部屋《へや》のおくに、ぼうしをかぶり、マントをはおった背《せ》の高《たか》い男《おとこ》の人《ひと》と、ふたつの後《うし》ろすがたがみえました。

「……このことは、絶対《ぜったい》にひみつだ！　わかっているだろうな？」

男《おとこ》の人《ひと》のおどすようないいかたにおびえて、あとずさると……。


「だれだ！　そこで何《なに》している！」


男《おとこ》の人《ひと》がこちらに気《き》づき、どなり声《ごえ》をあげたのです。

「あの、わたし、まちがえて……ごめんなさいっ」

ユリア姫《ひめ》はドレスをひるがえして、かけだしました。

そして、夢中《むちゅう》でにげこんだそばのお部屋《へや》は……、今度《こんど》こそ、ドレスメイクルームです。

ほっとしたけれど、待《ま》ちかまえていたお母《かあ》さまから、きびしい声《こえ》がとんできました。

「ユリア！　時間《じかん》をつたえていたのに、おくれてくるなんて。とにかく急《いそ》いで、ドレスのチェックにとりかかりましょう」

この舞踏会《ぶとうかい》は王女《おうじょ》にとって、一生《いっしょう》に一度《いちど》の記念《きねん》すべき行事《ぎょうじ》。最高《さいこう》のおしたくをして、のぞまなくてはなりません。

2 ドレスのチェック

舞踏会用《ぶとうかいよう》に何《なん》か月《げつ》もかかってあつらえたドレスに着《き》がえると、お母《かあ》さまもいっしょにおおきな鏡《かがみ》のまえに立《た》って、全身《ぜんしん》を細《こま》かくチェック。

お針子《はりこ》さんが、ウエスト部分《ぶぶん》をつめたり、えりのフリルのギャザーやコサージュを形《かたち》よくととのえたりしてくれました。

アクセサリーや手《て》ぶくろもつけて、コーディネートを確《たし》かめます。

うれしくなって、くるりとまわってみたとき、
チェックをすませたほかの王女《おうじょ》さまたちと、目《め》があいました。
「はじめまして！　わたしはウンダラ王国《おうこく》の
ルル。よろしくね」

ウンダラ王国《おうこく》の
ルル姫《ひめ》

「わたしはジャミンタ。ジュエルの国《くに》、オニカ王国《おうこく》の王女《おうじょ》よ」

「わたしはクララベル。ウィンテリア王国《おうこく》という寒《さむ》い国《くに》からきたの」

オニカ王国《おうこく》のジャミンタ姫《ひめ》

ウィンテリア王国《おうこく》の クララベル姫《ひめ》

三人《さんにん》の王女《おうじょ》さまたちも、ユリア姫《ひめ》とおなじく、この春《はる》はじめて舞踏《ぶとう》会《かい》に〝デビュー〟するのですって！

四人《よにん》はすぐにうちとけて、おしゃべりをはじめました。

ユリア姫《ひめ》は、ほかの国《くに》のおない年《どし》の王女《おうじょ》さまに会《あ》えたことが、うれしくてたまりません。

そのとき、お城《しろ》の外《そと》から、わああっとかん声《せい》がきこえてきました。

「何《なに》かしら……？」

まどの下《した》をのぞくと、広《ひろ》びろとしたしき地《ち》にアスレチックがあって、

王子《おうじ》さまたちがちょうせんして
いるのがみえたのです。
なかでも、ユリア姫《ひめ》がやってみたいと思《おも》っ
たのは、高《たか》いデッキから、ワイヤーにぶらさ
がってすべりおりる、ジップワイヤーでした。
お母《かあ》さまにいったら、「王女《おうじょ》がアスレチック
ではしゃぐなんて、はしたないことです」
としかられるに決《き》まっているのですが……。

マントをはおって出席《しゅっせき》する夜《よる》のディナーをおえると、ユリア姫《ひめ》は、大人《おとな》たちがコーヒーを飲《の》んでいるあいだに、こっそりお庭《にわ》へでました。

ジップワイヤーのデッキにあがり、マントをぬいで、両手《りょうて》でロープにつかまると……暗《くら》やみへ、思《おも》いきりジャンプ！

まるで空《そら》をとんでいるみたいです！

びしっと着地《ちゃくち》して、もう一度《いちど》ためそうとしたとき。


「まあ……信《しん》じられないわ」

ききおぼえのある声《こえ》は……ロングヘアのクララベル姫《ひめ》でした。

「ドレスメイクルームにいたときから、ここが気《き》になって……まさか、ユリア姫《ひめ》もいるなんてね」

おたがいにおどろいていると、ルル姫《ひめ》とジャミンタ姫《ひめ》もやってきたではありませんか。

（すごいわ！　四人《よにん》とも、おなじことを考《かんが》えていたの？）

そろって好奇心《こうきしん》おうせいな女《おんな》の子《こ》とは、びっくりです！

「こんなぐうぜんってある？　わたしたち、とても気《き》があいそうね」

月《つき》あかりの下《した》、おたがいに自分《じぶん》のことをはなしていたとき。

（ん？　あれ？）

「……ねえ、何《なに》かきこえない？」

暗《くら》やみから、かすかな音《おと》がきこえてきたのです。

3　ふしぎな音《おと》の正体《しょうたい》

キーッ……キーッ……

かぼそくて、きいているとむねがくるしくなってくるような音《おと》です。

「動物《どうぶつ》のなき声《ごえ》じゃないかしら。助《たす》けをもとめているような……」

クララベル姫《ひめ》が心配《しんぱい》そうにいうと、ジャミンタ姫《ひめ》が指《ゆび》さします。

「外《そと》の森《もり》のほうからきこえるわ！」「みんなでいってみましょうよ」

キーッ……

暗《くら》い森《もり》のおくで、弱《よわ》よわしくも必死《ひっし》ななき声《ごえ》をだしていたのは、ちいさなシカの赤《あか》ちゃんでした。

あしを、わなの刃《は》にがっしりとはさまれていて「助《たす》けて」というように、うるんだひとみをむけてきます。

ユリア姫《ひめ》がそっと手《て》をさしだすと、鼻《はな》をよせ、ふるえながら、せつない声《こえ》でなきました。

キーッ……

「かわいそうに……すぐに助《たす》けてあげるからね」

ジャミンタ姫《ひめ》が、ぐうぜんポケットにいれていたジュエルづくり用《よう》のちいさなドライバーをだし、わなのネジをまわしはじめました。


ユリア姫《ひめ》たちは、足《あし》をけがしたシカの赤《あか》ちゃんをお城《しろ》の物置小屋《ものおきごや》へとはこぶと、よく朝《あさ》、ガッドランド王《おう》に知《し》らせました。

王《おう》さまは、みんなのおこないをほめてくれましたが、わなのはなしになると、まゆをひそめます。

「それは、ありえない！　わが国《くに》では、わなをしかけることを、法律《ほうりつ》で禁《きん》じている。みまちがいじゃないのかね？」

王《おう》さまが立《た》ちさると、納得《なっとく》できない四人《よにん》ははなしあいました。

「もしかしたら、また別《べつ》のわながしかけられるんじゃないかしら」

「わたしたちで、わなをしかけた犯人《はんにん》を、つきとめましょうよ」

おつきの女性《じょせい》に準備《じゅんび》してもらった、おそろいの動《うご》きやすいドレスに着《き》がえると、しのび足《あし》で夜《よる》のお城《しろ》をぬけだします。

四人《よにん》は、森《もり》のおおきな木《き》の上《うえ》にのぼって、みはりをしていました。
すると……しばらくして、こんな会話《かいわ》がきこえてきたのです。
「あと何個《なんこ》わなをしかけろって？」
「あとふたつ。全部《ぜんぶ》で十個《じっこ》だ」

男《おとこ》たちの手《て》にあるわなが、月《つき》
あかりでぎらりと光《ひか》ります。
ユリア姫《ひめ》は、はっとしました。
（あのすがた……まちがえた
お部屋《へや》にいた人《ひと》たちだわ！）
ふたり組《ぐみ》がいってしまうと、
四人《よにん》は急《いそ》いで木《き》からおりました。

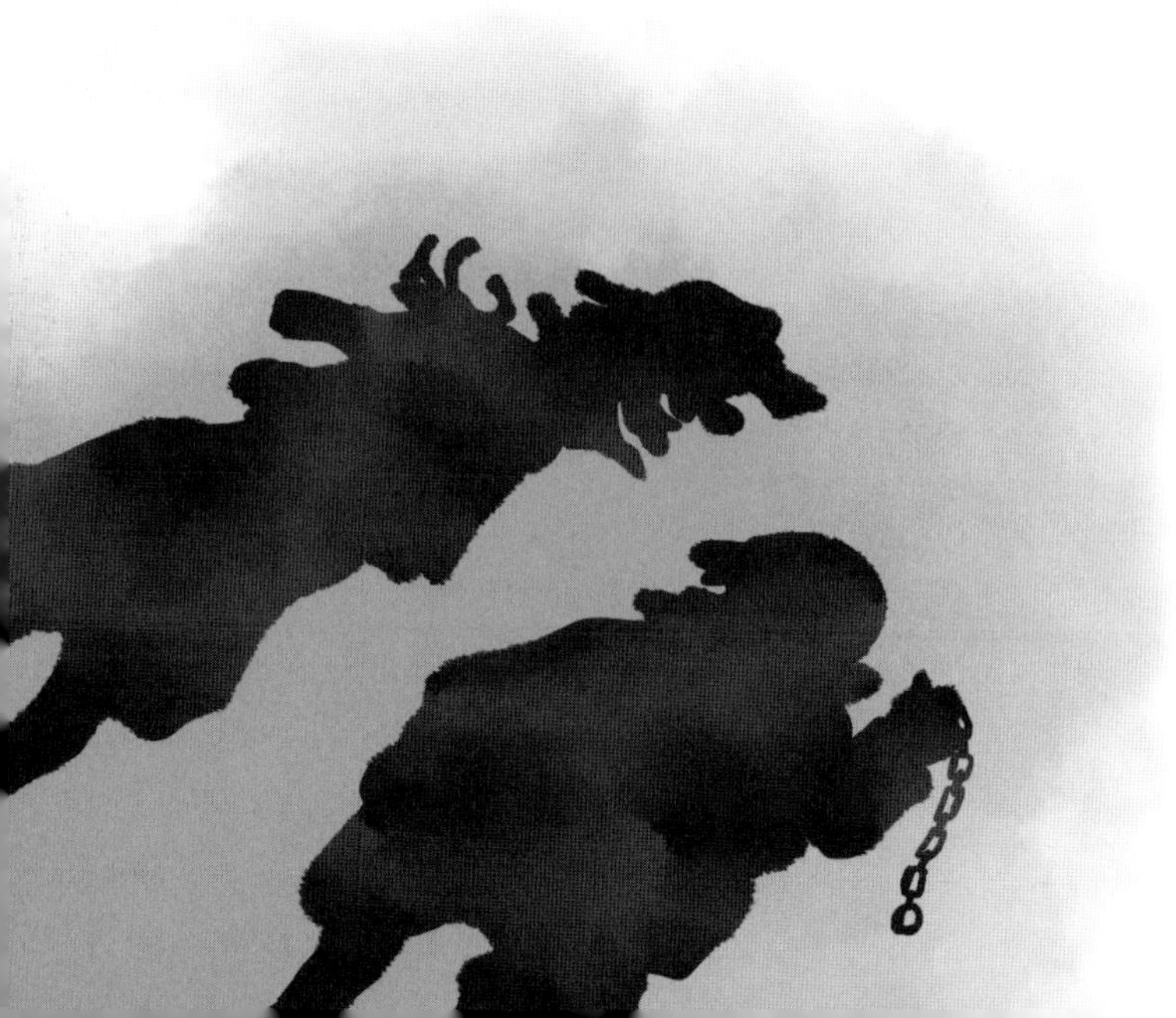

すると、ジャミンタ姫《ひめ》が、ひとみをかがやかせていいました。
「みんな、すぐに、わたしのとまっているお部屋《へや》へきてくれる？」
お部屋《へや》でみせてくれたのは……美《うつく》しいダイヤモンド！

「わたし、ジュエルから特別《とくべつ》なパワーをひきだすことができるの。このダイヤモンドは、危険《きけん》なものに近《ちか》づくと、白《しろ》く光《ひか》るパワーをもっているのよ」
（ジャミンタ姫《ひめ》、すごいわ！）

この魔法《まほう》のダイヤモンドがあれば、森《もり》の動物《どうぶつ》がわなにかかってしまうまえに、みつけてとりさることができるはずです。

ところが、ふたたびお城《しろ》からでようとすると……。

先《さき》ほどまでひらいていた門《もん》に、しっかりかぎがかけられていました。

もしかすると、わなをしかけた犯人《はんにん》のしわざかもしれません。

金色《きんいろ》の高《たか》いさくがのびているため、外《そと》へでられなくなっています。

しかし、こんなことで、あきらめる王女《おうじょ》さまたちではありません！

ルル姫《ひめ》がさくにつかまって立《た》ち、クララベル姫《ひめ》、ジャミンタ姫《ひめ》がそのかたにのぼり……最後《さいご》にユリア姫《ひめ》がみんなの上《うえ》にのぼると、さくのてっぺんにあがりました。

そして、みんなを次《つぎ》つぎにひきあげて、全員外《ぜんいんそと》へでたのです。

王女《おうじょ》さまたちは、夜《よる》の森《もり》へはいっていきました。

ジャミンタ姫《ひめ》のダイヤモンドは、わなのそばへ近《ちか》よると白《しろ》く光《ひか》り、もっと近《ちか》づくほど、かがやきをましていきます。

「ダイヤモンドが光《ひか》ったわ。わなを発見《はっけん》！」
草《くさ》のかげにみつけた刃《は》のあいだに、小枝《こえだ》をはさみ、二度《にど》とつかえないようにします。
十個《じっこ》のわなを全部《ぜんぶ》みつけたときには、もうすっかり朝《あさ》になっていました。
とてもつかれてねむかったのですが……ユリア姫《ひめ》は、森《もり》の動物《どうぶつ》たちを危険《きけん》からすくったよろこびで、いっぱいでした。

4 王女《おうじょ》さまたちの勝利《しょうり》

ガッドランド王《おう》は、ユリア姫《ひめ》たちのもってきたわなをみて、ゆうべのはなしをきくと、すぐにお城《しろ》じゅうを調《しら》べにかかりました。

そして、シカをわなにかけ、そのつのを売《う》ってもうけようとしていた、あの三人《さんにん》の男《おとこ》たちを、お城《しろ》から追放《ついほう》したのです。

こうして冒険《ぼうけん》はおわり……すぐに舞踏会《ぶとうかい》のおしたくをスタート！

ゆかまでとどく
ダンス用《よう》のドレスに
長《なが》い手《て》ぶくろもして……。

ユリア姫《ひめ》は、たっぷりとしたドレスのすそをゆらして、ルル姫《ひめ》、クララベル姫《ひめ》、ジャミンタ姫《ひめ》といっしょに、舞踏会《ぶとうかい》のおこなわれるホールへむかいました。

「こんなにはればれとした気分《きぶん》で、この日《ひ》をむかえられるなんてね」

ホールのとびらがひらくと、セレモニー用《よう》の衣《い》しょうを着《き》た大人《おとな》たちがずらりとならび、期待《きたい》の目《め》でこちらをみています。

おさないころからあこがれだった、舞踏会《ぶとうかい》での〝デビュー〟。

いよいよ、これまでのレッスンの成果《せいか》がためされるのです……！

ほかの王女《おうじょ》さまたちが
次《つぎ》つぎとごあいさつをこなし、
〝デビュー〟していくのをみて、
きんちょうが高《たか》まります。

(みんな、どうどうとしていてきれい。わたしも、きっとできるわ!)
次《つぎ》はユリア姫《ひめ》の番《ばん》……自分《じぶん》をふるいたたせ、列《れつ》のあいだへ進《すす》みます。

右《みぎ》の足《あし》をうしろへひいて
ひざを深《ふか》く曲《ま》げ、
清《きよ》らかにほほえみました。
すると……。
王《おう》さまと王妃《おうひ》さまも、
笑顔《えがお》をかえしてくれました！

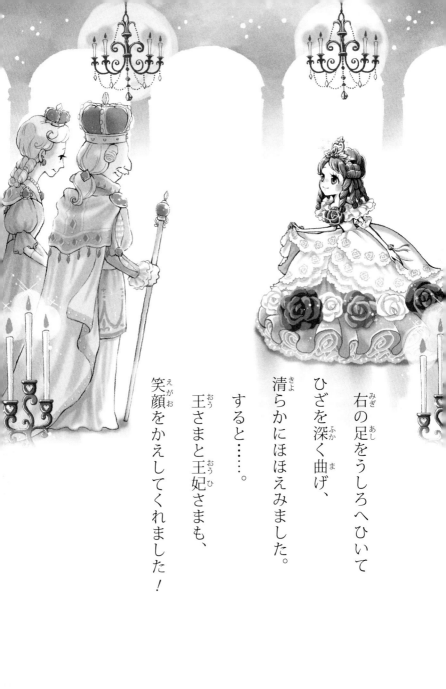

ごあいさつも、自己《じこ》しょうかいも、なんとかうまくいきました。

ついに、一人《いちにん》まえのレディーとして、みとめられたのです。


きらびやかなシャンデリアの下《した》で、軽《かろ》やかにおどり……ダンスやおしゃべりの合間《あいま》には、かわいらしいカップケーキをいただきます。

のどをうるおすのは、シュワシュワはじけるチェリーソーダ。

ミストバーグ城《じょう》のごうかな舞踏会《ぶとうかい》は、何時間《なんじかん》もつづきます。

あ、ジャミンタ姫《ひめ》が、ユリア姫《ひめ》たち三人《さんにん》に手《て》まねきをしています。

「わたしね、連絡《れんらく》をとりあえるパワーをジュエルにこめてみたの」

ジャミンタ姫《ひめ》の手《て》の上《うえ》には、ハートの形《かたち》をした、色《いろ》ちがいのちいさなジュエルが四《よっ》つありました。

「これで、どんなにはなれていても、心《こころ》の声《こえ》をつたえあうことができるわ。ジュエルでおそろいのネイルアートをしましょうよ」

ルル姫《ひめ》は黄色《きいろ》いイエロートパーズ、クララベル姫《ひめ》は青《あお》いサファイア、ジャミンタ姫《ひめ》はグリーンのエメラルド。

ユリア姫《ひめ》の右手《みぎて》の小指《こゆび》には、赤《あか》いルビーのハートがきらり。

「これから先《さき》、何《なに》かこまったことや、なやみが生《う》まれたら……四人《よにん》で助《たす》けあって解決《かいけつ》しましょうね。みんなで森《もり》の動物《どうぶつ》を守《まも》ったみたいに」

「ええ。どんなにむずかしい問題《もんだい》も、力《ちから》をあわせれば……」

クラベル姫《ひめ》の言葉《ことば》のあとに、ジャミンタ姫《ひめ》がつづけます。

「きっと、のりこえられる気《き》がするわ」

すると、ルル姫《ひめ》がいたずらっぽくいいました。

「王女《おうじょ》たちのひみつの会《かい》だから、『ティアラ会《かい》』ってよぼうよ！」

ユリア姫《ひめ》は、王女《おうじょ》さまたちと視線《しせん》をかわしあいます。

「わたしたち、『ティアラ会《かい》』の
きずなをちかいます」

はじめての友情《ゆうじょう》の約束《やくそく》に
みんな、ほこらしげな笑顔《えがお》です。

『ティアラ会《かい》』には、七《なな》つの約束《やくそく》ごとができました。

まず、王女《おうじょ》としての、ほこりをわすれないこと。
正《ただ》しいことをつらぬき、まちがいや違反《いはん》をそのままにしないこと。
おたがいを信《しん》じ、みとめあうこと。
こまったことや、なやみが生《う》まれたら、わかちあうこと。
友《とも》にピンチがおとずれたときは、かならずかけつけること。
自分《じぶん》らしく、おしゃれをがんばること。

最後《さいご》に、四人《よにん》らしい約束《やくそく》を、もうひとつ……。

かなしいめにあっている動物《どうぶつ》がいたら、力《ちから》をつくして守《まも》ること。

……王女《おうじょ》として、女《おんな》の子《こ》として、みんなで決《き》めた約束《やくそく》です。

このお城《しろ》で、ユリア姫《ひめ》はたくさんの〝はじめて〟を経験《けいけん》しました。

なんといってもすばらしいのは、心強《こころづよ》い仲間《なかま》ができたことです！

そっと、右手《みぎて》の小指《こゆび》に目《め》をむけると……ハート形《がた》のルビーが、明《あか》るい未来《みらい》を予感《よかん》させるかのように、きらっとかがやいたのでした。（おしまい）

王女《おうじょ》さま＊心理《しんり》ゲーム

舞踏会《ぶとうかい》での自己《じこ》しょうかい。
いよいよ自分《じぶん》の番《ばん》が
まわってきたわ。

うまく
できたかしら？

物語《ものがたり》はいかがでしたか。

今度《こんど》はあなたが
主人公《しゅじんこう》になったつもりで
こたえてくださいね。
仲間《なかま》といるとき、あなたが
どんな役《やく》なのかわかるのよ。

かんぺき！
自分《じぶん》の得意《とくい》とする
ことまで
つたえられたわ

↓診断《しんだん》A《エー》へ

ドキドキして
名前《なまえ》だけ
いうのが
やっとだったわ

↓診断《しんだん》B《ビー》へ

あせって
自分《じぶん》の名前《なまえ》を
かんでしまったわ

↓診断《しんだん》C《シー》へ

頭《あたま》が真《ま》っ白《しろ》に
なって言葉《ことば》が
でなくなって
しまったわ

↓診断《しんだん》D《ディー》へ

診断《しんだん》 A《エー》

仲間《なかま》といるときのあなたは…

たよりになるリーダー役《やく》

最初《さいしょ》はいちばんうしろの目立《めだ》たないところにいても

いつのまにか、まえにでて

みんなをぐいぐいひっぱっていることが多《おお》いのでは？

そんなあなたは、

たよりになるリーダータイプです。

正義感《せいぎかん》が強《つよ》く、積極的《せっきょくてき》でめんどうみがいい。

ちょっと強引《ごういん》なところもあるけれど、わる気《ぎ》がない。

そんなあなたを信《しん》じて、みんなは

「この人《ひと》についていこう！」と思《おも》っていることでしょう。

診断《しんだん》 B《ビー》

仲間《なかま》といるときのあなたは…

リーダーをささえるサブリーダー

みんなの先頭《せんとう》に立《た》つというよりは、だれかたよりになるリーダーのお手伝《てつだ》い役《やく》をやるほうが、実力《じつりょく》を発揮《はっき》できるあなた。

リーダーがいきとどかないところにさっと気《き》づき、何《なに》もいわれなくても、だまってかんぺきにフォローします。

ときには、あなたの意見《いけん》にリーダーが動《うご》かされていることも。

あなたがいると、まわりのふんいきがなごむので、仲間《なかま》からはだいじなムードメーカーとして、したわれています。

診断《しんだん》 C《シー》

仲間《なかま》といるときのあなたは…

かわいがられる妹役《いもうとやく》

これからおこるかもしれない危険《きけん》を
いち早《はや》く感《かん》じとることができる、するどいタイプです。
あなたのおかげで、お友《とも》だちが
あぶないめにあうのをさけられたり、
失敗《しっぱい》せずにすんだりした経験《けいけん》があるかもしれません。
でも、ふだんはすなおすぎたり、
少《すこ》しあぶなっかしかったりするところがありそう。そこが
みんなの「守《まも》ってあげたい」という気持《きも》ちをかきたて
「妹《いもうと》みたいでかわいい存在《そんざい》」として愛《あい》されています。

診断《しんだん》 D ディー

仲間《なかま》といるときのあなたは…

かかせない存在《そんざい》

リーダーをまかされたり、話題《わだい》の中心《ちゅうしん》になったりするのはにがてで仲間《なかま》のなかでも、なるべく目立《めだ》たないようにしていることが多《おお》いのでは？　でも、みんなのことは大好《だいす》きで仲間《なかま》の一員《いちいん》であることをほこりにしています。

みんなは、そんなあなたのことを、ふだんはおとなしくてひかえめだけど、いざというときには一致団結《いっちだんけつ》のムードをささえるかかせない存在《そんざい》と思《おも》っています。

ユリア姫《ひめ》のこぼればなし

舞踏会《ぶとうかい》では、ほかにも
こんなできごとがありました。

舞踏会《ぶとうかい》のホールはとってもロマンチック！

王子《おうじ》さまとのダンスは少《すこ》しきんちょう…

お部屋《へや》からは美《うつく》しい森《もり》がみえました

ディナーには世界《せかい》じゅうの王族《おうぞく》が集合《しゅうごう》

いっしょに"デビュー"した王子《おうじ》さまたち

ぜひよんでみて
くださいね

今回《こんかい》の物語《ものがたり》が、もっと深《ふか》く
くわしく楽《たの》しめる本《ほん》

舞踏会《ぶとうかい》と ジュエルの約束《やくそく》

1さつまるごと
わたし（ユリア）のおはなしです！

Princess
of
Tiara

原作：ポーラ・ハリソン

イギリスの人気児童書作家。小学校の教師をつとめたのち、作家デビュー。
本書の原作である「THE RESCUE PRINCESSES」シリーズは、
イギリス、アメリカ、イスラエルほか、世界で130万部を超えるシリーズとなった。
教師の経験を生かし、学校での講演やワークショップにも、精力的にとりくんでいる。

THE RESCUE PRINCESSES: THE WISHING PEARL, THE SNOW JEWEL,
THE SECRET PROMISE by Paula Harrison

Japanese translation rights arranged with Nosy Crow Limited through Japan UNI Agency.,Tokyo.

王女さまのお手紙つき
クララベル姫とフレイア姫とユリア姫の物語

2018年8月21日　第1刷発行

原作	ポーラ・ハリソン	翻訳協力	安田 光
企画・構成	チーム151E☆	編集協力	粟生こずえ
絵	ajico　中島万璃		石田抄子
			安田 光
		作画協力	小坂菜津子
		心理ゲーム	小泉茉莉花

発行人　川田夏子
編集人　川田夏子
編集担当　北川美映
発行所　株式会社 学研プラス
〒141-8415　東京都品川区西五反田2-11-8
印刷所　図書印刷 株式会社　サンエーカガク印刷 株式会社

この本に関する各種お問い合わせ先
●本の内容については　Tel 03-6431-1465（編集部直通）
●在庫については　Tel 03-6431-1197（販売部直通）
●不良品（落丁、乱丁）については　Tel 0570-000577
学研業務センター
〒354-0045　埼玉県入間郡三芳町上富279-1
●上記以外のお問い合わせは　Tel 03-6431-1002（学研お客様センター）